POÉSIES

—

ODES ET PRIÈRES

PAR

Octave DUCROS (de Sixt)

Psallam et intelligam in via immaculata,
quando venies ad me.

(Psal. c. 2.)

————

PARIS

JULIEN, LANIER & Cⁱᵉ, ÉDITEURS

RUE DE BUCI, 4. F. S.-G.

1856

POÉSIES

PRIÈRE D'UN POËTE.

Qui parle autour de moi de dédains ou de gloire?
　　　Je vous ai cru, vous qu'il faut croire,
Seigneur; c'est à vous seul que je me suis livré.
Vous le saviez, ô Verbe, infaillible sagesse,
　　　Vous entendre donne l'ivresse.
Pourquoi me parliez-vous? Vous m'avez enivré!

Prenez, prenez ma voix, vous qui prenez mon âme!
　　　De ma lèvre approchez la flamme;
Faites monter ma voix vers vous, comme l'encens!
De tous vos dons, Seigneur, il faut vous faire hommage;
　　　Vous m'avez donné le langage;
J'en choisirai pour vous les plus divins accents.

Je ne me tairai point ; je ne puis plus me taire !
Ce que vous m'avez dit , heureux et solitaire,
Je le répéterais, ne fût-ce que pour moi.
Mais non : vous comprenez ce que mon cœur désire.
Ce que vous m'avez dit , je voudrais le redire
A tout ce qui m'entoure , et vous savez pourquoi.

Faire aimer celui que l'on aime ,
Tout embraser du feu dont on brûle soi-même,
Oh ! des cœurs bien épris sainte félicité !
Vole , ma voix ! plus loin ! plus loin, plus loin encore !
Porte , si tu le peux , du couchant à l'aurore
Le secret de ma volupté !

C'est de vous qu'il s'agit : faites que l'on m'écoute !
Que mes accents trouvent leur route ;
Qu'ils passent par les cœurs, pour monter jusqu'à vous !
Mon bonheur ne m'est point un suffisant salaire ,
Je veux communiquer mon bonheur; ô mon Père,
Je veux en amener d'autres à vos genoux.

Ma gloire, la voilà ! celle-là , je l'implore !
Cette ambition me dévore.

Alors, gloire et bonheur auraient les mêmes traits.

Ce n'est plus le péril craint de l'âme chrétienne.

La gloire qui serait la vôtre, et non la mienne,

Celle qui vous ferait aimer, je l'aimerais !

Celle-là, dans le ciel, fait envie à vos anges.

     Le séraphin dit vos louanges;

     Mais qui peut-il vous conquérir?

Oh ! si vous le vouliez, en chantant mon doux maître,

Serviteur plus heureux, moi je pourrais peut-être,

A quelque âme sur terre apprendre à vous bénir.

Une âme, une seule âme, ô mon Dieu ! Dans ma bouche

     Mettez l'accent ému qui touche.

Je ne suis que l'écho : Verbe, soyez la voix !

Les applaudissements, l'écho doit vous les rendre;

     Vous n'aurez point à les attendre :

Je vous les rendrai tous, si jamais j'en reçois !

Si l'on n'écoute point, si, détournant la tête,

     Les passants disent du poëte :

— Que fait aux pieds de Dieu ce lâche serviteur ? —

Vous m'avez appelé; qui pourrait me confondre?

Oh ! je suis trop heureux; je n'ai rien à répondre;

A vos pieds, et pour vous, je chanterai, Seigneur.

J'ai commencé. Mon Dieu, que jamais je ne cesse !
      C'est le seul vœu que vous adresse
Mon cœur ; c'est le seul cri de ma félicité.
Vous chanter ! désormais je n'ai plus d'autre envie.
Je puis bien consentir à perdre ainsi ma vie,
Seigneur : je veux ainsi perdre l'éternité !

A DES ENFANTS

D'UNE MAISON DE PATRONAGE.

Il vous souvient comment nous fîmes connaissance,
Étrangers en amis si vite transformés.
Dieu nous prit, vous et nous ; il nous mit en présence ;
Il nous dit : Aimez-vous. Nous nous sommes aimés !

Quand les cœurs sont donnés, tout le reste se donne
Sans que d'aucune part le calcul soit permis.
Mais, — que le généreux à l'obligé pardonne ! —
Ceux qui reçoivent plus, ont compté, mes amis.

Les obligés, c'est nous ! c'est nous qui, dans l'échange,
Sans qu'on le crût peut-être, avons le plus gagné.

Par vous nous est venu ce bonheur sans mélange
Qui, — vous absents, — de nous se serait éloigné.

Qu'ils sont heureux ces jours que nous passons ensemble !
Ces jours-là, ce sont bien les saints jours du Seigneur,
Les jours où la famille au foyer se rassemble,
Les jours dont, entre tous, le soir est le meilleur.

Quand elles ont passé, ces heures fortunées,
Quand nous avons fini le dernier entretien,
Le Seigneur largement a payé nos journées ;
Nous avons trop reçu pour que vous deviez rien !

Il est si doux, mon Dieu, d'avoir vu dans ces âmes,
Comme l'aurore au ciel, s'épanouir ta foi !
Ton amour échauffer de ses premières flammes,
Ces cœurs, ces jeunes cœurs qui veulent être à toi !

O souvenirs sacrés ! ô peines adoucies !
Secrets si librement épanchés dans nos seins ;
Chères petites mains par le travail noircies,
Qui vous tendiez vers nous, et que pressaient nos mains ;

Prières où, le soir, la sueur au visage,

On était accouru de loin , avec amour ;
Table sainte où venaient retremper leur courage
Ces enfants qui déjà portaient le poids du jour !

Qu'avions-nous fait , grand Dieu , pour un pareil salaire ?
Mais toi , sans mesurer le prix à nos efforts ,
Tu laissais ces petits , auxquels tu veux complaire ,
En prodigues, pour nous, puiser dans tes trésors.

O chers amis ! restons toujours ce que nous sommes.
Vous n'oublierez jamais ces bontés du Seigneur.
Rappelez-vous combien , dans l'enfance, à des hommes
Vous avez pu donner, grâce à lui, de bonheur !

Nous nous rencontrerons sans doute dans la vie ;
Alors, si vous aviez perdu ce souvenir ,
Venez le demander à notre âme ravie :
Elle, qui vous doit tant , l'aura su retenir.

Mais non , les cœurs amis ont la même mémoire ;
Nous nous rencontrerons tous, le front radieux ;
Nous nous répéterons , tous à l'envi, l'histoire
Des jours que nous passions ensemble , si joyeux.

Les semences du bien auront été fertiles ;

Pour mûrir vos vertus, les soleils auront lui ;

Et quand nous presserons, enfants, vos mains viriles,

L'homme aura complété nos bonheurs d'aujourd'hui.

QUAND LES FEUILLES TOMBENT.

L'œil chercherait en vain de funèbres images :
    Au ciel, point de nuages,
    Et l'air est tiède encor.
Le soleil a percé la brume froide et grise ;
    Elle a fui, sur la brise,
    Devant ses flèches d'or.

Sur les bois empourprés qui frissonnent à peine
    Passe une fraîche haleine ;
    Sous ce souffle joyeux,
Brillantes des couleurs que septembre leur donne,
    Quelques feuilles d'automne
    S'envolent à nos yeux.

Vous ne ressemblez point aux feuilles desséchées,
Qui s'en vont, détachées
Par l'âpre vent du nord,
Quand, bois noir, ciel obscur, neige épaisse qui tombe,
Tout rappelle la tombe,
Quand tout parle de mort !

Puisqu'il fallait tomber, ah ! tombez de la sorte ;
Ce vent qui vous emporte,
Vous berce dans l'azur.
Autant partir est triste aux heures de tempête,
Autant c'est une fête,
Quand le ciel est si pur !

Partez, belles toujours ; partez, toujours charmantes,
Encor plus éclatantes
Que dans ces heureux jours
Où l'oiseau du printemps, sous votre ombre nouvelle,
Venait chercher, fidèle,
Un nid pour ses amours.

Ces splendides couleurs dont vous êtes ornées,
Dans les chaudes journées

Vous ne les aviez pas.

Vous revêtez la pourpre à ce moment suprême,

Et le vent qui vous sème

Répand l'or sous nos pas.

Quand la mort, cet objet d'éternelle épouvante,

Apparaît si vivante,

Qui peut s'épouvanter?

C'est ainsi, n'est-ce pas, quand vient l'heure de grâce,

Qu'au premier vent qui passe,

Et semble l'inviter,

Feuille de son rameau se détachant sans peine,

Dans la clarté sereine

Étalant à nos yeux

Des trésors qu'un vivant à cette mort envie,

Le juste est de la vie

Emporté dans les cieux !

AUX CHRÉTIENS.

Nous sommes peu nombreux , et la mêlée est sombre.
    Regardons notre petit nombre
    Comme le font les gens de cœur.
Dans les rangs dégarnis , en pareille rencontre ,
Ce que chaque soldat peut , il faut qu'il le montre :
Tel , qui se fût caché , tient ferme et n'a plus peur.

Nous sommes peu nombreux. Cela, pour nous, veut dire :
Un courage indompté pourra seul nous suffire.
Chacun doit , d'un bras fort, sans trêve, sans repos ,
    Combattre jusqu'à ce qu'il meure.
Cela veut dire : Eh bien ! Dieu nous met en demeure ,
Pour rester ses soldats , d'être tous des héros !

Cette nécessité jamais ne fut à craindre !

    Non , nous ne devons point nous plaindre :

Aimons-le , ce combat où nul ne peut plier ;

Si les périls sont grands, soyons plus grands encore.

Pour repousser ce choc qui broie et qui dévore ,

    Opposons-lui des cœurs d'acier.

Ainsi faisait à Sparte , ainsi faisait à Rome

    Quiconque portait le nom d'homme.

Aux païens hardiment empruntons cet orgueil !

Traitons l'impiété comme eux , la barbarie,

Quand elle répandait ses flots sur la patrie ,

Et que trois cents soldats se faisaient son écueil.

Retrouvons-le , ce cri dont les Alpes tremblèrent ,

    Ce cri que trois pâtres poussèrent ,

Qui fit lâcher sa proie à l'aigle épouvanté ,

    Quand, pour jamais fuyant son aire ,

    Il ouvrit sa puissante serre

Et laissa retomber, du ciel, la Liberté !

Traitons l'impiété comme eux , la tyrannie !

Leur liberté, pourtant, semblait à l'agonie ;

Ces trois hommes ont dit : — Elle ne mourra pas ;
Elle ne peut mourir : car nous mourrons pour elle ! —
Disons de notre foi : — Dieu l'a faite immortelle ;
S'il faut du sang , voici celui de ses soldats !

Le drapeau, quelque peu qu'on soit pour le défendre ,
  Il ne faut point le laisser prendre ;
  Embrassons–le d'un bras jaloux !
En tombant à ses pieds sachons encor sourire.
  Ce n'est pas lui que l'on déchire ;
  Ce n'est pas lui : ce n'est que nous !

Remercions le Ciel d'avoir beaucoup à faire ;
Dans sa force un chrétien ne sait pas se complaire ;
Mais il sait ce qu'il vaut , ayant Dieu pour soutien.
Allons, sans regarder jamais combien nous sommes ;
  Laissons d'autres compter les hommes ;
Allons, en nous disant : Dieu fait tout· l'homme, rien !

———

Pᴇɴᴅᴀɴᴛ notre jeunesse, un soir, vers la vallée
Qui par l'ombre croissante à peine était voilée,
Tristes, nous descendions. Près du premier sapin
Tu t'arrêtas; — des pleurs vinrent à ta paupière;
Là–haut, dans la montagne, un rayon de lumière
Éclairait le châlet sur son rocher lointain.

Tu t'assis, tout ému, sur cette épaisse mousse
Au pied des noirs sapins si brillante et si douce.
— « Mes amis, disais-tu, bons et simples pasteurs,
« Près desquels j'ai passé de si pures journées,
« Je demande à ce Dieu qui me les a données
« Un cœur digne toujours d'aimer de pareils cœurs !

« Sous ce toit, qu'un rayon du jour mourant éclaire,

« J'arrivais inconnu. — Je serais votre frère,

« Ces pauvres murs m'auraient accueilli, nouveau-né,

« Ces bois nous auraient vus, enfants, jouer ensemble,

« Je n'emporterais pas, — du moins il me le semble, —

« Un amour plus profond pour ce toit fortuné !

« Pendant ce long séjour, vivre de votre vie

« Est si bien devenu pour mon âme ravie

« Le bonheur qu'à présent toujours il me faudrait !

« Vos âmes devant moi se sont si bien ouvertes,

« Et j'ai, — vous l'ignoriez, — fait tant de découvertes

« Dont je n'osais qu'au Ciel confier le secret !

« Merci ! vous m'avez fait bien meilleur ; les étreintes

« De vos mains devront rendre aussi les miennes saintes.

« C'est un bon souvenir, utile après l'adieu !

« Loin de vous, laissez-moi vos vertus pour compagnes,

« Laissez-moi prendre, amis, en quittant les montagnes,

« Votre cœur énergique et fidèle à son Dieu ! »

— Nous restions là, tous deux. La lumière exilée

Fuyait silencieuse et quittait la vallée.

Déjà, tout près de nous, les derniers rayons d'or

Sortaient du dôme obscur de la forêt voisine ;

Mais, sur le haut rocher que le châlet domine
Il faisait encor jour ; nous regardions encor !

Enfin, ce haut rocher à son tour devint sombre.
Les flammes des grands pics s'éteignirent dans l'ombre,
Et la nuit étoilée allait chasser le soir.
Immobiles, muets, à cette même place
Nous restions, regardant fixement dans l'espace :
Nous voyions dans ce monde où l'on peut toujours voir.

Nous voyions les trésors que de la solitude
Nous devions emporter : la sainte quiétude,
Les exemples sacrés, ailleurs cherchés en vain ;
La foi qui ravit l'âme au vice et la rend libre ;
Tout ce qui des cœurs bons fait tressaillir la fibre...
— Tous les deux à genoux nous tombâmes soudain.

Dans l'ombre de la nuit, du clocher de la plaine
Une voix s'élevait, argentine et sereine.
Dieu, qui nous entendait demander le bonheur,
Semblait nous le promettre avec cette voix douce.
— Nous avons dit merci sur l'épais lit de mousse ;
Dans le ciel puissions-nous le redire au Seigneur !

AU CONVOI

D'UNE SOEUR DE LA CHARITÉ. [1]

Le peuple à son amie a fait des funérailles
Dignes d'elle et de lui. Du fond de tes entrailles
Ce sanglot prolongé, peuple, devait sortir!
Tes larmes n'ont jamais été mieux méritées :
Que celles qu'elle avait si souvent arrêtées,
Reviennent dans tes yeux, cette fois pour jaillir!

Hélas! vous savez tous ce que ce char emporte!
De vos flots gémissants formez-lui son escorte.
Suivez, suivez-la tous jusqu'au bout du chemin,

---

[1] La sœur Rosalie, qui fut, pendant cinquante-quatre ans de vie religieuse, la providence des pauvres de tout Paris, et spécialement de ceux du XIIe arrondissement.

Elle, la Foi par l'œuvre à vos cœurs accessible,

      L'Espérance à vous tous visible,

La Charité dont, tous, vous baisâtes la main !

Pleurez sans vous cacher ! La douleur doit paraître

      Pour celle que vous fit connaître

Un demi-siècle entier de bienfaits ! Sur le seuil,

Femmes, petits enfants, hâtez-vous de descendre.

Dans la mansarde sombre il ne faut plus l'attendre :

Venez la voir passer, en bas, dans son cercueil.

O pauvres, foule pâle, immense multitude,

Pour qui va commencer le destin le plus rude

      Au jour de sa félicité,

Vous qu'avait préférés cette âme virginale,

Vous que ne peut nourrir la grande capitale,

Vous qui peupleriez seuls une grande cité,

Quelle angoisse demain ! Hélas ! de la misère

L'amer breuvage a donc aussi sa lie amère !

      Que d'affamés, à notre insu,

Qui voyaient arriver par elle, à chaque aurore,

Le pain que l'âpre faim de chaque jour dévore,

      Demain soir n'auront rien reçu !

Tes regards consternés vont perdre ton amie

Que la mort sur tes maux enfin tient endormie...

Regarde mieux : vois-la dans l'immortalité !

Peuple , ce qu'elle a fait pour toi sur cette terre ,

T'apprend ce que pour toi , près du Seigneur, peut faire

Cette sœur de la Charité !

A UNE PREMIÈRE COMMUNIANTE.

HEUREUSE, heureuse enfant, auprès de votre mère,
Tous vos jours ont coulé dans un même bonheur ;
De nos félicités vous goûtiez la plus chère
Si vous n'alliez demain connaître un autre cœur.

Oui, l'amour maternel est bien l'amour suprême,
Le plus doux, le plus fort des amours d'ici-bas :
Pour en voir un plus grand, il faut que Dieu lui-même,
Heureuse enfant, demain vous prenne dans ses bras.

Il vous fait signe, allez : vous reviendrez ravie,
Quand vous aurez trouvé si bon le Tout-Puissant !

Chère enfant, vous verrez : le Dieu qui vous convie
Cache tout au superbe et rien à l'innocent.

Sans rien craindre, avancez : le nom dont il s'appelle,
N'a jamais dans une âme excité de terreur.
Chaque jour, par deux fois, votre bouche fidèle
De ce nom bien-aimé savoure la douceur.

Des baisers maternels vous avez l'habitude.
Dans le berceau, sans eux, pouviez-vous reposer ?
D'autres embrassements demain c'est le prélude :
Allez donner à Dieu votre premier baiser.

Le premier ! — chère enfant, écoutez : votre mère
D'un seul, au premier jour, n'a pu se contenter.
Dieu vous rappellera bien des fois : votre Père
Veut vous donner les siens aussi, sans les compter !

Des grâces du Seigneur charmant apprentissage !
L'Éternel pour un jour ne saurait nous aimer.
Ce Dieu, qui désormais sera votre partage,
Aux voluptés du ciel veut vous accoutumer.

Retournez, retournez lui demander vos joies ;

Il sera là toujours ; — et si , plus tard , vos pas
Devaient, en avançant , rencontrer d'âpres voies
Que , dans ce frais sentier , vous ne soupçonnez pas ,

Alors rappelez-vous ce jour de votre enfance.
Heureuse enfant, Dieu donne aux heureux du bonheur ;
Vous l'apprendrez demain ;— et, quand vient la souffrance,
— Éprouvez-le bien tard , — c'est le consolateur !

PENSAR, CREER. [1]

J e crois. Jamais douter ne fut la loi de l'âme ;

  Non , non , tout l'homme le proclame.

Dieu m'a fait pour penser; Dieu m'a fait pour agir ;

Dieu m'a fait pour l'aimer. Eh bien ! donc, je dois croire !

Douter n'est point penser. Penser est une gloire ;

Douter, une faiblesse : on ne peut qu'en rougir.

— Mais croire , n'est—ce point se forger des entraves,

---

[1] Un poëte illustre, dans une pièce intitulée : PENSAR, DUDAR, débute par la peinture la plus énergique des angoisses que fait éprouver le manque de foi. Il a douté lui-même, il a interrogé la nature sur nos destinées. Elle sait, dit-il, le mot du secret; mais elle reste muette par ordre de Dieu. Il conclut que *Dieu n'a scellé dans l'homme aucune certitude,* et que tout esprit doit se résigner à traîner son doute.

C'est à ces doctrines qu'on a essayé de répondre ici. Cette tentative semblait au poëte une témérité ; mais elle paraissait un devoir au chrétien ; et, ce devoir, on a voulu le remplir.

Est-il nécessaire d'ajouter qu'il s'agit uniquement ici du doute opposé à la foi, du doute religieux ?

Traiter son âme ainsi qu'on traite les esclaves ?

— Croire, non, c'est plus fier : c'est prendre son essor !

Mais, en ouvrant ses libres ailes,

C'est accueillir le vent des hauteurs immortelles

Pour s'élever plus haut encor !

Je veux agir ; je crois. — Les jours sont courts ; la route

Est longue ; ce n'est point au doute

Que je dirai : Sers-moi de guide et prends ma main.

Si je veux arriver au terme,

Je dois marcher de ce pas ferme

Dont va le voyageur qui connaît le chemin.

Auriez-vous donc le droit d'accuser notre Père,

Vous à qui le travail austère

N'accordera jamais ce luxe de douter ?

Pauvres, connaissez bien votre béatitude.

Votre journée est courte, et votre chemin rude,

Mais le Ciel y pourvoit : la Foi peut vous porter !

La foi ! l'égalité plaît seule à sa tendresse.

La foi, je sais bien qu'elle abaisse

Au niveau des petits les plus grands à nos yeux.

Il est vrai. Mais quel grand a le droit de se plaindre,

Si les petits peuvent atteindre

Assez haut pour voir dans les cieux ?

Je veux t'aimer : je crois. — Le doute est un supplice ;

Non, tu ne m'as point fait pour que je te maudisse

Du jour de ma naissance au bord de mon tombeau.

Non, ce n'est point de toi que viennent ces tortures :

D'aucune de ses créatures

Le Créateur n'est le bourreau !

Le doute trouble l'œil ; la foi le rassérène.

Dans l'œuvre du Seigneur tout a sa loi certaine ;

L'homme aussi doit avoir sa loi.

Je dois la connaître et la suivre.

Quand tout me semble heureux de vivre,

Le seul infortuné, ce ne peut être moi !

Je ne m'y résous point. Ma part, je la réclame.

C'est bien le moins, mon Dieu ! T'aimer est de mon âme

Le privilége saint ; je prétends en user !

Je ne te louerais pas, moi, ton plus cher ouvrage ?

Mais, seul, j'ai reçu le langage ;

Et ne point te bénir, ce serait t'accuser !

Ce n'est point à cela que mon cœur se résigne !

Le sort que Dieu m'a fait, de nous deux est plus digne :

Je sais. — Je ne t'ai point demandé tes secrets,

    Création : j'ai laissé le superbe

    Fermer l'oreille à ce qu'a dit le Verbe,

    Pour interroger des muets !

Le Seigneur a parlé : toi, tu peux bien te taire !

    Si l'homme est pour l'homme un mystère,

    Dieu seul doit être consulté.

Grande création, vastes mers, hautes cimes,

    Du temps vous serez les victimes :

Vous ne connaissez rien de l'immortalité !

    Tu ne m'as point fait ma science ;

Mais, nature, en gardant ton éternel silence,

Tu sembles répéter ce qu'un autre m'a dit.

    Tu ne peux faire davantage ;

    Sous mes yeux tu places l'image,

Et moi, je me souviens de ce que Dieu m'apprit.

Beaux épis jaunissants, gerbes, moissons fécondes,

Je me dis, en voyant pencher vos têtes blondes :

— Pour mûrir les épis, il faut les soleils purs.

Nous aussi , nous avons notre soleil qui brille ;
Ne l'obscurcissons pas. Le Père de famille
Tient ses greniers ouverts : pour le ciel soyons mûrs !

Vous vous hâtez , ô vous qui charmez mon oreille ,
De bâtir vos doux nids quand avril se réveille.
     Travaillons tous , oiseaux du ciel !
Mes jours me sont donnés pour que je les emploie :
Dans la saison , il faut qu'avec des chants de joie
Je prépare ma place au séjour éternel.

Pour vous, que je vois fuir sur les brises d'automne ,
     Plus loin l'été toujours rayonne ;
     Quelqu'un vous le montre d'ici.
Vous avez la patrie ailleurs, et , nous , la nôtre.
     Celui qui vous montre la vôtre ,
     Doit nous montrer la nôtre aussi !

Merci, Seigneur ! je vois la patrie éternelle.
Comme ces voyageurs hardis , je dois vers elle
     M'élancer d'un vol assuré.
L'abîme amer est large à traverser. Qu'importe ?
Bien que faible , mon aile est encore assez forte :
     Je vole droit, j'arriverai !

UN FILS

PENDANT LA COMMUNION DE SA MÈRE.

GARDEZ-LA, gardez-la pour la vie éternelle !
    Cette femme qui suit vos pas,
C'est ma mère ! Seigneur, donnez la vie à celle
    Dont je l'ai reçue ici-bas.

Cette âme, ce n'est pas la sienne : c'est la nôtre !
    O mon Dieu, vous le savez bien,
Quand elle et moi cherchons le bonheur l'un pour l'autre,
    Chacun de nous trouve le sien !

Toujours, ici surtout, je sens que ces entrailles
    Ont été mon premier séjour.

Quand ce cœur-là s'émeut, il faut que tu tressailles
Aussitôt, mon cœur, à ton tour!

Aussi, lorsque mes yeux, Seigneur, ont vu ma mère
Se prosterner à vos genoux,
Vous demandant, après cette vie éphémère,
Les jours sans fin auprès de vous;

Quand j'ai vu s'approcher d'elle, à pas lents, le prêtre,
Quand j'ai vu que vous arriviez,
Ma chair a frissonné, j'ai frémi dans mon être,
Comme si vous me visitiez!

De plus loin, écoutez aussi bien ma demande.
Vous m'avez appris cette loi :
Le bien qui me fut fait, il faut que je le rende.
Ah! Seigneur, rendez-le pour moi!

Seigneur, souvenez-vous : je n'étais point encore
Sur cette terre, qu'en secret
La femme, qui là-bas pour elle vous implore,
Pour moi déjà vous implorait.

De l'amour maternel impatiente envie!

Cette femme avec vous, Seigneur,
De son enfant, avant qu'il entrât dans la vie,
Voulait assurer le bonheur.

Pour ma mère il s'agit ici d'un autre monde,
Du vrai bonheur à préparer,
Loin de mes bras..... souffrez que son fils la seconde,
En vous priant dût-il pleurer !

Gardez-la, gardez-la pour la vie éternelle !
Détournons nos regards de moi.
Parlons-en sans frémir ; tâchons de ne voir qu'elle,
De n'écouter que notre foi.

Au milieu des mortels la vie est bien amère,
Quoi qu'on tente pour l'adoucir.
Il faut une autre coupe aux lèvres de ma mère ;
Jésus, vous seul pouvez l'offrir !

Jusqu'aux bords, ô mon Dieu, présentez-la remplie
Du bonheur limpide et profond.
Ce breuvage est le seul qui n'ait jamais de lie,
Cette coupe seule est sans fond.

Gardez votre beau ciel à cette âme que j'aime.

Avant que je parte d'ici

Au nombre des vivants inscrivez-la vous-même.

Et puis, vous l'entendez aussi,

Elle parle pour moi quand je vous parle d'elle.

Ceux que vous voyez ici-bas

N'être qu'un, par pitié, pour la vie éternelle,

Mon Dieu, ne les divisez pas.

SAINTE THÉRÈSE.

Que l'amour est puissant ! Toutes les grandes choses
A ses rayons divins ici-bas sont écloses
     Sous tous les cieux, depuis le jour
     Où sur elle la race humaine
     Sentit passer l'ardente haleine ,
Sentit tomber le sang généreux de l'amour !

Il a multiplié devant les multitudes
Ses fiers martyrs ! Il a peuplé les solitudes
     D'âmes qu'il veut seul consumer.
Il montre aux nations des cœurs vaillants d'apôtres ;
     Aux anges il en montre d'autres
Qui gardent la conquête en ne sachant qu'aimer !...

Le souffle du Seigneur traversait les Espagnes.

Il prit au pied de leurs montagnes

Un homme [1] : — « Viens : au loin je t'emporte, dit-il.

    « Laisse là tous les vains fantômes.

    « Viens gagner pour moi des royaumes,

    « Et mourir pour moi dans l'exil ! »

— « Et moi, Seigneur, et moi, n'allez-vous pas me prendre ? [2]

    « Mon sang brûle de se répandre !... »

— « Toi, non, reste, il le faut, Thérèse. » — Dieu tout bas

    Ajoute, pour tarir la plainte

Qui monte de ton cœur jusqu'à ta bouche sainte :

« Je te contenterai ; reste : tu souffriras ! »

Reste ! où règne le Christ il faut d'autres martyres.

Là-bas sombre est la nuit. Nos ténèbres sont pires :

De qui ne sait point voir parmi nous, l'œil est mort.

De ces âmes là-bas va jaillir la prière.

Ici Dieu trouvera bientôt les cœurs de pierre

    Qu'on frappe en vain, d'où rien ne sort !

[1] Saint François Xavier, l'apôtre des Indes, né en 1506, au château de Xavier, au pied des Pyrénées, mort dans l'île de Sancian, en 1552.

[2] Sainte Thérèse, âgée de sept ans, conçut, avec un de ses frères, le projet d'aller se faire martyriser chez les Maures. (*Vie de sainte Thérèse*, écrite par elle-même, ch. Ier.)

Reste, reste! à l'Europe il faut d'ardentes âmes.

Pour se purifier elle a besoin des flammes

Qui devancent le feu vengeur.

Reste, l'impie est là qui sème les tempêtes;

Ta douce voix doit de nos têtes

Détourner, jour et nuit, les flèches du Seigneur.

Qu'il laisse reposer les traits de sa justice!

Que sa main clémente choisisse,

Dans le fond du carquois divin,

Le trait dont on ne peut guérir alors qu'il blesse,

Et qu'au sein des élus adresse

L'arc radieux du séraphin!

Le cœur blessé, combats! souffre, et combats encore!

La souffrance affermit ton bras faible! Restaure

Ces murs sacrés, nos plus sûrs boulevards.

Si Burgos[1] d'Avila vient demander la fille,

A la forte cité de la vieille Castille,

---

[1] Avila, où naquit sainte Thérèse, et où elle fonda le premier monastère de sa réforme. — Burgos, capitale de la vieille Castille, où sainte Thérèse fonda, en 1582, son dernier couvent. — C'est en revenant de Burgos qu'elle mourut à Albe, le 4 octobre de la même année. « On dit qu'en 884, un chef chrétien, Diégo Porcellos, ayant défait les Sarrasins dans les gorges de Pancorbo, bâtit cette enceinte..., et la nomma du nom germanique de Burgos (*burg, château*). » (Fréd. Ozanam., *Pèlerinage au pays du Cid.*)

A la ville du Cid va donner ses remparts.

C'est là que Dieu t'attend ! Meurs : après cette gloire
De plus haut vois plus loin s'étendre ta victoire.
Les chrétiens pour jamais connaissent le Carmel ;
Ils iront y chercher la paix pendant la guerre.
Toi, ne t'acharne plus à souffrir : sur la terre
Expire de l'amour dont tu vas vivre au ciel !

———

Vous que, joyeux, j'avais semées,
Pour moi vous n'avez point fleuri.
D'autres que moi vous ont aimées ;
A vos corolles embaumées
Des yeux inconnus ont souri.

— Le jour où nous sommes écloses,
Déjà tu n'étais plus ici.....
Du bonheur que tu te proposes,
Dieu, qui règle seul toutes choses,
Homme, souvent t'éloigne ainsi. —

— Quand je suis revenu, la neige
De son voile blanc vous couvrait.

Voilà leur linceul, me disais-je.....

— Ami, quand la douleur t'assiége,

L'espérance est près du regret.

— De tous mes deuils soyez l'emblème :

Dans vos calices desséchés,

Cette poussière que je sème

Me gardait vos couleurs que j'aime,

Vos doux parfums, encor cachés.

— Souviens-toi que Dieu ne délaisse

Jamais le cœur de l'éprouvé.

Brise l'urne de ta tristesse ;

Un bien nouveau naîtra sans cesse

Du bien dont il t'avait privé.

Attends patiemment, s'il tarde ;

Ou mieux, tâche de l'en bénir.

Dieu plus tendrement te regarde.

Car, seul, le bonheur qu'il te garde,

N'a plus besoin de refleurir.

Le ciel à l'horizon d'abord blanchit à peine ;
      Mais la lumière en souveraine
      A bientôt envahi les airs.
Les rayons du matin n'ont bu que la rosée ;
Mais les rayons du jour sur la terre embrasée
Boivent dans les torrents et s'abreuvent aux mers !

Foi sainte, ô mon soleil, je t'aimai dès l'aurore ;
Après l'aube, le jour ! que son feu me dévore :
      Ne t'arrête pas en chemin.
      Répands à flots ta vive flamme ;
      Pénètre mieux toute mon âme :
Rends mon cœur plus ardent à midi qu'au matin !

Seigneur, il me faut ta lumière!

J'ai besoin d'en aller réjouir ma paupière,

Toujours plus loin d'ici, toujours plus près de toi!

L'aigle aspire au soleil; et sur ses fortes ailes,

Inondé de rayons, vers des clartés nouvelles

Il monte!... — Ce qu'il fait, Seigneur, permets-le-moi!

Qu'à mes regards aussi la terre disparaisse!

  Qu'en partant d'ici-bas, j'y laisse

Ce cœur qui te doit tant et qui te rend si peu!

Qu'en approchant de toi je prenne un cœur qui t'aime;

  Que m'élançant hors de moi-même,

Là-haut, là-haut enfin je m'absorbe en mon Dieu!

Oh! que de moi surtout mon Sauveur me délivre!

L'homme en moi veut mourir; le chrétien veut revivre

  Membre du Christ! Dès aujourd'hui,

Dans le monde réel, pour nos yeux invisible,

C'est lui seul que je vois; désormais insensible

A ce que je sentais, je ne sens que par lui!

Ma vie est là: vivons! De la mort qu'ai-je à craindre?

  Ses coups ne sauraient plus m'atteindre;

Sur les ressuscités son bras ne peut plus rien.

Dès ce jour il n'est plus pour moi qu'un sacrifice,

      Un seul dont mon âme frémisse :

Ce n'est point celui-là, Seigneur; mais c'est le tien ! [1]

---

[1] Admirables paroles, dites récemment par une femme chrétienne sur son lit de mort.

ATHÈNES ET ROME.

I

Athènes rayonnante étalait ses merveilles.
Dès l'aurore, quittant l'Hymette, les abeilles,
Sur le narcisse en fleur et sur le safran d'or,
Aux bords de l'Ilissus, amassaient leur trésor.
Chaque matin, l'Attique, à la montagne aimée
Donnait, sans l'épuiser, sa récolte embaumée.
Du lierre des vallons cherchant l'ombrage obscur,
Toujours le rossignol chantait sous ce ciel pur;
Et les peuples toujours, se tournant vers la Grèce,
D'Athènes écoutaient la voix enchanteresse.
Toute l'humanité s'assemblait sous ce ciel;
Elle y venait chanter ou composer son miel.
La bouche de Platon, pourtant, était fermée;

Mais on trouvait encor la place accoutumée

Où, sous le vert platane, il parlait autrefois ;

Et l'on avait l'écho, du moins, après la voix.

Oui, c'était là le sol de la sagesse antique :

Les blancs Hermès, sortis des flancs du Pentélique,

Debout dans la cité, pour répéter aux yeux

Les préceptes sacrés en mots harmonieux ;

Les bois d'Académus, le Portique sonore

Où la voix de Zénon retentissait encore ;

Le Lycée, où le Maître avait porté ses pas,

Rempli de promeneurs au front pensif ; là–bas

Le cap de Sunium bornant ces vastes plaines,

Tous ces grands souvenirs enfin faisaient d'Athènes

Le temple de l'esprit humain ; sur le fronton

Trois noms brillaient : Socrate, Aristote, Platon.

Un jour, on amena devant l'Aréopage

      Un inconnu, sans doute un sage.

Les sages à l'envi voulaient l'interroger :

« On dit que vous savez la sagesse nouvelle ;

      « Cette sagesse, quelle est–elle?

« Nous écoutons ; veuillez nous instruire, étranger. [1] »

---

[1] *Act. Apost.*, XVII, 18-21.

L'étranger répondit ; et sa rude parole

    Fit frémir devant l'Acropole

Le marbre dont Socrate avait fait autrefois

Trois Grâces [1]. O Platon, entends-tu ce qu'il nie ?

    Douce fille de l'Ionie,

Athènes, quel barbare élève ici la voix ?

Non, pendant son enfance, à ses lèvres vermeilles

Sa mère n'a point vu se jouer les abeilles.

Mais, sur le sable ardent, un jour, près de Damas,

Il tomba terrassé, palpitant ; sa paupière

    Cherchait dans des flots de lumière

La main qui le tenait, et ne la voyait pas ! [2]

Alors il entendit une bouche invisible

L'appeler par son nom, et d'une voix terrible

    Lui reprocher du sang versé ;

    Et quand les reproches cessèrent,

    Ses compagnons le relevèrent

Aveugle..... il ne l'est plus, mais il reste insensé.

---

[1] Avant de quitter la profession du sculpteur Sophronisque, son père, pour s'adonner à la philosophie. (Pausan., I, 22 ; IX, 35.)

[2] *Act. Apost.*, IX, 3-8.

Comme lui-même il le publie !

La science n'est rien , la sagesse est folie , [1]

L'ignorance lui plaît et le fait triompher.

Sa faiblesse est la force , et la force est faiblesse.

Tes oliviers sacrés , ô Grèce ,

Sont sauvages : c'est lui qui vient te les greffer ! [2]

Quel est le Dieu que Paul adore ?

C'est le seul qu'Athènes ignore ! [3]

Tes dieux , ils ne sont pas ; et tes sages sont fous.

Quitte-les et renonce à ton charmant empire :

C'est devant un gibet que cet homme en délire

Veut mettre Aspasie à genoux !

Ne chasseras-tu pas cet étranger funeste ?

Tu fais mieux : tu souris ! — Sous ton azur céleste ,

Fille de Minerve aux yeux bleus ,

Près de ces flots d'azur qui baignent tes rivages ,

Reste la maîtresse des sages ,

Conserve à la raison son temple lumineux !

[1] I. *Corinth.*, I, II, III, 18, 19.

[2] *Rom.*, XI, 17-24.

[3] *Act. Apost.*, XVII, 23.

Athènes aima mieux être esclave que reine.

Athènes, au-dessus de la sagesse humaine

Mit l'austère folie, et de sa douce voix

On l'entendit bientôt prier près d'une croix !

II

Rome avait pu fermer le temple de la guerre.

Son oreille partout écoutait. Sur la terre

Aucun cri de révolte, aucun bruit de combats

Ne retentissait plus. Le fer de ses soldats,

Aux peuples imposant la honte et le silence,

Avait de l'univers conquis l'obéissance.

Ce n'était plus le temps où les hardis Gaulois

Au pied du Capitole osaient dicter des lois ;

Où, sous les murs de Rome, on venait de Carthage,

Braver Rome vaincue, et porter le ravage ;

Où l'Asie outragée, en un jour de fureurs,

Abreuvait ses cités du sang de ses vainqueurs.

Brennus et Mithridate, Annibal et sa haine

Sont tous domptés. La Gaule est province romaine.

L'Asie est aux Romains, et le sol est romain

Où fut Carthage. L'aigle à l'ongle, au bec d'airain,

De son vol menaçant sillonne au loin l'espace ;
Et tous, tremblants, muets, le regardent qui passe,
Sans remuer, de peur que, des airs orageux,
Cette foudre du ciel ne tombe encor sur eux.

Un Juif te vient d'Ostie. Il arrive : regarde,
   Rome, ou plutôt ne prends pas garde.
  Eh ! qu'importe à ta majesté
Quel est cet homme vil, quelle est sa vile tâche ?
Il n'a rien de commun avec toi : c'est un lâche ;
Et toi, des fermes cœurs n'es-tu pas la cité ?

Si tu les connaissais, les terreurs de cet homme !
   Si ton œil intrépide, ô Rome,
L'avait vu, dans la nuit dérobant mal sa peur,
   Se parjurer, se rendre infâme,
   Alors que la voix d'une femme
   L'accusait d'aimer son Sauveur !

  Aussi dans quels rangs il se cache !
Comme l'ignominie est bien ce qui l'attache !
   Méprisable, il suit son attrait.
   Que pourrait-il dire à tes braves ?
  C'est dans tes grands troupeaux d'esclaves

4

Qu'il se glisse, et qu'il disparaît !

Dans tes glorieux murs qu'est-il donc venu faire?
O Rome, il t'apporte la guerre !
Sur ton sol fertile en soldats
Il est venu lever des légions : les femmes,
Les vierges, les enfants, toutes les faibles âmes
Entendent son appel et marchent sur ses pas.

Cité guerrière, tu tressailles !
Jamais tu n'as donné le signal des batailles
Avec l'âpre clameur que tu viens de pousser.
Quoi ! cet insensé dire à cette troupe folle :
Tous les dieux sont au Capitole ;
C'est l'heure et c'est le lieu : courons les terrasser !

Tire le fer : il vient à la reine du monde
S'attaquer, lui, le Juif immonde
Qu'une servante a fait pâlir.
Frappe, frappe toujours ! mais au sein du carnage,
Toi qui te connais en courage,
Cité de Romulus, as-tu vu mieux mourir?

Dis-nous, toi qui vécus des siècles de victoires,

Toi qui, l'une après l'autre, as épuisé les gloires,
Dis si tes Métellus et si tes Scipions,
Pour élever si haut la majesté romaine,
Contre tes ennemis ont lancé dans la plaine
    De plus ardentes légions?

Les enfants ont formé d'invincibles cohortes.
    Les vierges, les femmes sont fortes
Comme les fiers soldats que tu sais admirer.
Ces troupeaux, démentant le nom dont tu les nommes,
    Ces esclaves sont bien des hommes,
Et ce n'est qu'en mourant qu'ils veulent le montrer.

Tu seras d'aujourd'hui la maîtresse du monde.
    Ton empire, ce Juif le fonde ;
Il te faut lui payer le prix de ses labeurs.
Lequel? Tu n'en es point à ta première épreuve.
    Que ton sol farouche s'abreuve
    Du sang de tous tes fondateurs!

Pour avoir des soldats, égorge tes armées.
    A mourir elles sont formées.
Pierre, de Romulus enfin vient achever
    L'œuvre antique ; ceci t'étonne :

Les peuples sont domptés ! — mais le Ciel ne te donne
L'univers que pour le sauver !

Rome , la conquérante , un pêcheur l'a conquise.
De ceux qu'elle immolait , triomphante et soumise ,
Elle prit l'étendard sanglant , pour l'arborer ;
Et dans son Capitole on monte l'adorer !

LIVRE SECOND

APRÈS LA MORT.

A ce premier instant dont la mort est suivie,
    Loin de ce corps sans vie
    Tu voudras t'élancer.
Mais attends ton destin. Seule et dans l'épouvante,
    Attends là, frissonnante :
    Tu ne peux avancer.

Que reconnaître ? Oh ! oui, c'est bien un autre monde !
    Quelle terreur profonde !
    Plus rien autour de toi !...
Plus de parents, d'amis ; plus rien de cette terre ;
    Rien que toi solitaire,
    Rien que toi dans l'effroi !

Pauvre âme , si longtemps à toi-même inconnue ,
Si quelqu'un de ta vue
Pouvait te délivrer !
Non : regarde , il le faut ! T'inondant tout entière ,
L'implacable lumière
S'acharne à t'éclairer.

Ne cherche pas au loin les nombreuses phalanges
Des démons , ni des anges ;
Pas encor le Seigneur.
La voix de l'Éternel confirme la sentence.
Que le mortel commence :
Sois ton juge, ô pécheur !

Tu ne peux te tromper dans cet instant suprême.
Pour t'abuser toi-même ,
Pécheur, il est trop tard !
O sentence si juste et si tôt prononcée !
Éclair d'une pensée ,
Éclair d'un seul regard !

Pars maintenant : voilà tes vertus ou tes vices
Commençant tes supplices

Ou ta félicité.

C'est là ton seul cortége : il t'entoure, il t'entraine ;

A ta suite il s'enchaine

Pour une éternité.

Allons, mon âme, il faut le choisir, ce cortége !

Quels compagnons verrai-je

Alors autour de moi ?

Avant de commencer ce voyage terrible,

O mon juge inflexible,

Qu'auras-tu dit de toi ?

Ah ! réponds, réponds-moi, mais d'une voix sévère.

Par pitié, sur la terre

Juge en toute rigueur.

Car tu me fais frémir avec tes complaisances ;

De toutes tes clémences,

O mon âme, j'ai peur.

Les jugements rendus ici-bas, Dieu les casse.

Condamne ici ; la grâce

Aura son tour au ciel.

De toi je la refuse, afin que Dieu la donne !

Que l'arrêt qui pardonne

Soit l'arrêt sans appel !

Cet arrêt, ô mon Dieu, mon âme ose y prétendre.

Je vous le ferai rendre ;

Je n'ai point oublié

Que, de toute ma vie exauçant la prière,

A mon heure dernière,

Ma Mère aura prié !

Car, si vous pardonnez, Seigneur, comme tout change !

On n'est plus seul ; notre ange,

Au moment où nos yeux

Demandent un ami, s'offre à nous ; il nous reste

Le compagnon céleste

De ceux qui vont aux cieux !

Alors, point d'épouvante au seuil de l'autre monde !

Point de cortége immonde

A travers l'infini !

L'âme vole joyeuse où votre amour l'appelle ;

Vous ouvrez devant elle

Un empire béni !

Alors, qu'il devient beau ce terrible voyage !

Le ciel pour héritage,

Et passer au milieu!

Rencontrer en chemin les saints et les archanges,

Traverser leurs phalanges

Pour arriver à Dieu!

O mon âme, je sens quel transport te visite!

Ainsi l'aiglon s'agite

S'il voit à son réveil

L'aiglon plus fort que lui, l'aigle qui fut son frère,

Planer, loin de leur aire,

Dans les feux du soleil!

PRIÈRE DU RICHE.

Vous dont le malheureux trouvait la voix si tendre,
Jésus, quels accents durs vous m'avez fait entendre !
Mais je veux vous aimer, malgré tout mon effroi.
Je sais un de vos noms, Dieu du pauvre Lazare,
Qui peut me rassurer, et dont mon cœur s'empare :
Dieu du riche Abraham, prenez pitié de moi !

De qui prendre pitié, sinon du misérable ?
    A qui serez-vous secourable,
Si, moi, vous me laissez dans ce pressant danger ?
Je le dis avec vous : La richesse est mauvaise.
Je le crie à vos pieds : Cet or qui brille, pèse,
    Seigneur, et je veux m'alléger !

Cet or , je le connais : quand on le garde , il souille ;
Mais comme il enrichit , alors qu'on s'en dépouille !
Je ne parlerai point de vous avec mépris ,

  O mes trésors : je vous estime.
A la face du ciel , je le dirai sans crime ;
Dieu m'apprit à donner , et je sais votre prix.

Donner rend plus heureux que recevoir. Vous–même
L'avez dit, ô mon Dieu ,[1] vous qui, — bonheur suprême ! —
Pour donner tout, vers tous étendez votre main.
A cette volupté vous seul pouviez prétendre ;

  Mais vous avez voulu me prendre
Pour votre associé dans ce bonheur divin !

Je pourrais refuser..... le bonheur se refuse !
L'immortel séducteur est là qui nous abuse.

  Ne permettez pas , ô mon Dieu ,
Que la cupidité m'aveugle et me corrompe.
J'aurai mon compte à rendre un jour ; si je me trompe ,
Que mon unique erreur soit de garder trop peu.

---

[1] Beatius est magis dare, quam accipere. (*Act. Apost.*, xx, 35.)

Vous m'avez fait ma part ; elle est bien assez grande !
C'est mon superflu seul que votre voix demande.

  Ne me laissez pas, moi chrétien,
Chercher tranquillement, dans ma maison prospère,
Quel est le superflu, quel est le nécessaire,
Quand attendent dehors des pauvres qui n'ont rien !

Point de ces froids calculs, quand on a la richesse !
Point d'hésitation, quand la charité presse !
Le cœur du pauvre, alors, n'est point irrésolu.
De telles questions, rarement il les pose :
  Tant qu'en main il a quelque chose,
Du nécessaire il sait faire du superflu !

O générosité ! grand et sublime exemple !
  Je rougis quand je le contemple,
Et je me dis : — Seigneur, les pauvres, c'est bien vous !
C'est pour la pauvreté que la richesse existe.
  Tout notre devoir ne consiste
Qu'à servir l'indigent, le front bas, à genoux !

Rendez mon faible cœur digne de ce service.
  Aidez-moi, pour que j'accomplisse
  Votre clémente volonté.

Que je fasse bénir la richesse maudite !

Que de votre courroux je sauve la proscrite

    Par les mains de la Charité !

L'aumône au pauvre ! à moi , votre aumône en échange !

    Et si votre volonté change ,

Si , me l'ayant prêté , vous reprenez cet or ,

Que de l'amour de Job à vous mon cœur s'attache ;

Que , riche , je comprenne , et que , pauvre , je sache ,

Qu'on a tout conservé quand vous restez encor !

C'EST vous, mes jours passés. En vous voyant paraître,
    Je me disais : — Est-ce bien eux ? —
Dans le premier moment, comment vous reconnaître ?
    Vous sembliez tous des heureux.

— Au milieu d'eux, disais-je, il fut des jours si sombres
    A côté des brillants soleils!
Sur les fronts de ceux-ci j'ai peine à voir les ombres :
    Tous ces jours sont presque pareils.

Dans leurs yeux fraternels un même rayon brille,
    Fraternelle est aussi leur voix.

Ceux–ci sont mieux les fils d'une même famille
    Que mes jours mêlés d'autrefois. —

Vous m'avez répondu : — Nous t'avions fait visite
    Entre le matin et le soir.
A tes regards troublés nous avions fui trop vite ;
    Tu ne pouvais pas bien nous voir.

Pour nous juger, il faut nous revoir tous ensemble.
    Tu comprends mieux en cet instant
Combien aux autres jours chacun de nous ressemble,
    Le plus sombre au plus éclatant.

N'as–tu point vu, pendant ces rapides voyages
    Qu'ils poursuivent dans le ciel bleu,
Pâles, obscurs, brillants, voler les grands nuages ?
    Mais quand, à l'occident en feu,

Ils arrivent, tu dis : — Ces couleurs, où sont-elles? —
    Et tes yeux les cherchent encor
Qu'immense, à l'occident, ouvrant ses vastes ailes,
    Plane, seul, un nuage d'or !

Ainsi de nous , ainsi de nos alternatives..... —
    Mes jours passés, je vous comprends.
J'avais tort , en voyant vos couleurs fugitives ,
    De vous croire si différents.

Aujourd'hui , plus d'erreur ! je vois le Dieu qui m'aime
    Parmi vous passer tour à tour ;
Votre visage, à tous, s'illumine de même
    Du rayon d'or de son amour.

Je ne distingue plus d'ici la dissemblance.
    Joie ou tristesse , c'est si peu
Quand, sur vous, sur vous tous, comme un soleil immense,
    Resplendit la grâce de Dieu !

Vous avez tous été les jours où Dieu protége ,
    Les jours marqués par ses bienfaits ;
Venez, jours tous heureux ; venez, brillant cortége :
    C'est bien vous, je vous reconnais !

Et vous , qui n'êtes pas , mais que Dieu fera naître ,
    Déjà je vous connais aussi.
Déjà , dans vos aînés , je vous ai vus paraître :
    Vous ressemblerez à ceux-ci.

Si quelqu'un d'entre vous m'arrivait, le front sombre,
    Je devinerais son trésor.
Viens, lui dirais-je, viens : où les autres voient l'ombre,
    Je vois déjà le rayon d'or !

————

A UN FILS.

Comme moi, tu l'entends encor. Quoi qu'il t'en coûte,
    Puisque tu dois entendre, écoute.
Vouloir fermer l'oreille, ami, n'essayons pas!
Cette voix dont mon cœur ne peut plus se distraire,
    Pour toi c'était la voix d'un père.
Toujours, ô mon ami! toujours tu l'entendras.

En vain à nos sanglots nous faisions violence;
    Nos sanglots rompaient le silence.
Nous nous tûmes enfin par un suprême effort.
Pour le dernier adieu se préparaient nos âmes.
Côte à côte, à genoux, ami, nous écoutâmes
Ce qu'il avait à dire en face de la mort.

Faible, il s'était dressé. Sa voix devint vibrante.

    J'écoutais avec épouvante.....

De ton pouvoir ainsi devais–je être ignorant,

Mon Dieu? De tes bontés fus–tu jamais avare?

Celui qui de sa tombe avait tiré Lazare,

Devant nous, sous nos yeux, ranimait ce mourant.

On reconnaissait bien, Dieu puissant, ton ouvrage!

    C'est toi qui donnes ce courage,

    C'est toi seul qui frappes ces coups;

Toi qui mets des aveux si vaillants dans la bouche,

Toi qui viens relever les chrétiens sur leur couche,

Pour demander pardon si bravement à tous.

Sa parole éclatait, indignée et terrible.

    Cet accusateur inflexible

Ne laissait rien à faire au juge. L'Éternel

    Écoutait, d'une voix si haute,

Ce cœur humilié proclamer chaque faute,

Et sa clémente main effaçait dans le ciel.

Le mourant acheva. Ne porte point envie

    A ceux qui vinrent à la vie

Aux jours de ton aïeul, aux jours des grands combats ;
>> Quand, sur tant de champs de bataille,
>> A l'âpre vent de la mitraille
>> Volaient tant de hardis soldats.

Tu n'as point entendu le père de ton père
Parmi ces ouragans pousser son cri de guerre.
Mais, ton père imposant silence à nos sanglots
Pour s'accuser lui-même, ami, tu pus l'entendre.
>> Tu n'as point perdu pour attendre :
Dieu t'avait réservé la voix du vrai héros.

C'est qu'il exigera beaucoup de ton courage.
>> Va, l'honneur soutient, s'il engage.
Fils d'un tel père, ami, toujours tu seras fort.
>> Qui descend d'un héros, l'imite !
>> N'est-ce pas que ton cœur t'excite
Et qu'il te dit : Vivons comme ton père est mort ?

Accepte désormais la grandeur paternelle.
Fais ressembler ta vie à cette mort si belle.
Dieu sait récompenser ceux qui viennent le soir ;
Dans l'éternel repos de l'heureuse demeure
>> L'ouvrier de la dernière heure

Entre, s'il a rempli tout entier son devoir.

Oui, mais son fils l'a vu recevoir son salaire :
« Je servirai ce Dieu si large envers mon père,
« S'est-il dit ; je serai pour deux son serviteur. »
O mon ami, c'est bien, c'est digne de ton âme !
Sers-le dès aujourd'hui : car il serait infâme
D'oublier, fils d'un saint, ce qu'on doit au Seigneur.

LE LION.

Leo est in via, et leæna in itineribus.
(*Prov.*, XXVI , 13.)

Lᴀ nuit vient, lugubre et sombre.
Je fatigue en vain mes yeux :
Sur la terre s'étend l'ombre ;
Tout s'obscurcit sous les cieux,

Tout devient une menace ;
La mort plane autour de moi,
Un frisson d'horreur me glace ;
Mon poil se dresse d'effroi,

Le lion est sur la route ;
Il a cessé de rugir.

L'oreille à terre, j'écoute :
Il rampe sans se trahir.

Il rôde, il cherche sa proie;
Ce voleur cache ses pas ;
Son œil verdâtre flamboie ;
Il voit qui ne le voit pas.

Déjà pour le bond suprême
Son corps s'allonge..... Seigneur ,
Pour me sauver viens toi-même ,
Ou j'expire de terreur..... —

— Va t'endormir sous la tente
Où l'Agneau dort près de toi,
Laisse à sa farouche attente
Le lion : tu n'es qu'à moi !

Qu'il se taise ou qu'il rugisse,
Que dans l'air épouvanté,
Quittant le sol , il bondisse ,
Je t'ai mis en sûreté.

Il peut rôder sans relâche ;

Il n'est point ce que tu crois.

Ce voleur nocturne est lâche ;

Et puis, il connaît ma voix !

Dors tranquille : de sa honte

Il fuit, portant le fardeau.

Jamais ce lion n'affronte

Les colères de l'Agneau . [1]

---

[1] Abscondite nos... ab ira Agni. (S. JOANN., *Apoc.*, VI, 16.)

AUX MONDAINS.

Vous nous plaignez ; et vous, vous vous croyez sans maître.
   Pouvez-vous si peu vous connaître ,
Ou pouvez-vous avoir tant de crédulité ?
Plaignez-vous les premiers , et croyez-en moins vite
   La voix du tyran hypocrite
   Qui vous parle de liberté !

Nous portons notre joug , et vous portez le vôtre.
Mais , si vous les aviez bien pesés l'un et l'autre,
Vous n'auriez point laissé ce joug , un joug si doux ,
Pour en prendre un si dur. Hélas ! votre service
   N'en est pas un : c'est un supplice.
Soyez francs ; et , si vous l'osez , démentez-nous !

Mon Dieu n'exige point ce que le vôtre exige.

Votre courage est un prodige

Bien fait pour nous épouvanter.

Mon Dieu n'ordonne point aux lèvres de sourire,

Lorsque, du cœur qui se déchire,

Le sanglot est près d'éclater.

Il ne dit point : — Riez toujours, riez quand même ! —

Mais mon maître, de ceux qu'il aime,

Aime à partager les douleurs.

Comme les nôtres son cœur vibre ;

De pleurer il veut qu'on soit libre,

Et vers les éplorés il accourt tout en pleurs !

Vivez gaiement, vivez votre longue agonie.

Traînez de vos plaisirs la tristesse infinie.

On vous montre les faux bonheurs, jamais les vrais.

Des heureux, cependant, il en est sur la terre :

Ce sont ceux qui savent en faire ;

Mais notre Dieu, lui seul, apprend de tels secrets.

Ce temps, dont vous trouvez trop lents les pas rapides,

Qui vous semble arrêté près de vous, les mains vides,

Oh ! si vous saviez quel trésor

Il voudrait emporter au ciel, pour vous l'y rendre,

Au lieu de fuir, vous lui diriez d'attendre

Encor ce bien à faire, et puis cet autre encor !

Celui que vous servez ne sait point qui vous êtes.

Il dégrade vos cœurs, il courbe trop vos têtes ;

Vous n'êtes pas plus vils que nous !

Pour votre dignité, revenez où nous sommes.

Hommes, jamais devant des hommes

Notre maître n'a dit de plier les genoux.

Que vous devez souffrir ! Sans mentir et sans feindre

On sert mal votre Dieu. — Cessez de vous contraindre.

Hommes, au nom de votre honneur,

Dites-lui : — C'est la honte ; un tel joug, je le brise.

Te haïr, ce n'est point assez : je te méprise ;

Je vais servir le Dieu qui punit l'imposteur ! —

Il punit..... et le vôtre? Ah! le vôtre, il pardonne !

— Mais quoi ! tout votre cœur frissonne ;

Comme un malade il a crié.

Avez-vous donc déjà goûté de sa clémence?

Avez-vous donc pour quelque offense

De ce maître indulgent mendié la pitié?

Ah! vous avez raison : il est impitoyable!
Le Dieu de sainteté, ce Dieu si redoutable,
Du pécheur repentant est l'asile et l'appui.
Le vôtre, ami du mal, le punit avec joie.
Après le repentir, on reste encor sa proie ;
Il a fait le coupable; il s'acharne sur lui !

Quand vous aurez besoin de rencontrer des frères,
Venez à nous, venez sous les drapeaux contraires.
Laissez là ce tyran. Ceux qui lui sont soumis,
    Vous savez comment il les traite.
Apprenez une fois comment notre Dieu fête
    Ceux qui furent ses ennemis !

TROIS GÉNÉRATIONS.

I

L'AÏEUL.

La neige lentement tombait sur les montagnes.
Le vent du nord s'était assoupi ; les campagnes
Voyaient la nuit, suivant de bien près l'autre nuit,
Sur les sommets glacés redescendre sans bruit.
C'était un de ces soirs qui disent qu'une année
A sa tombe éternelle est déjà condamnée.
Décembre va finir. Près du sentier obscur
S'allonge le torrent, mince ruban d'azur.
Ce n'est plus le torrent qui s'irrite et qui gronde
Quand les neiges d'été viennent grossir son onde ;
Au pied de ces grands rocs sur lesquels il jetait
Son écume indignée, il murmure ou se tait.

Sur le sentier désert, à deux pas du village,

Quelques enfants encore ; ils jouaient. A cet âge,

Alors que les parents se serrent près du feu,

On s'élance dehors, et la neige est un jeu.

Mais un vieillard tremblait sous cette froide neige,

Un vieillard chancelant, que la misère assiége,

Que la fatigue accable. Il vient ; il aperçoit

Les joueurs : — « Par pitié, je suis pauvre, j'ai froid ;

« Où passer cette nuit, enfants ? » — On se regarde.

Hors du groupe pourtant un d'entre eux se hasarde.

— « Venez : notre maison, pauvre homme, la voici.

« Suivez-moi seulement ; voyez : c'est près d'ici.

« Mon vieux père sera bien content ! » — La chaumière

Était pauvre, elle aussi. Quand, franchissant la pierre

Qui forme l'humble seuil, apparaît le vieillard,

Aux lueurs du foyer celui dont le regard

Chercherait l'indigent sur qui tombe l'aumône,

Ne saurait deviner qui reçoit ni qui donne :

C'est un de ces secrets que vous vous réservez,

Assez connus, Seigneur, quand vous seul les savez !

Ce père à cheveux blancs donne sans voir ses hôtes.

Ses yeux se sont éteints ; mais des clartés plus hautes,

Dans d'autres malheureux qu'abritera son toit

Lui montrent Dieu qui frappe ; et pour ouvrir, il voit !

Cependant, au dehors, partout s'épaissit l'ombre.
Toujours le vent se tait. Sous le firmament sombre
Qui des rayons douteux du soir n'a plus un seul,
On ne voit que la terre à son pâle linceul.
A cette heure, vers Dieu, de la pauvre chaumière,
En commun, chaque soir, s'élevait la prière ;
Et le foyer secret était l'unique lieu
Où l'on pût s'assembler alors, pour prier Dieu.
Nous étions dans nos jours de forfaits et de gloires ;
Nos soldats ébranlaient du pas de leurs victoires
Les murs, tremblants déjà, des plus fières cités.
Mais, quand leur fer vaillant sauvait nos libertés,
Derrière eux on bravait Celui par qui seul règnent,
Quand il n'est plus de rois, les peuples qui le craignent ;
Et, près des monts sacrés où jadis pria Tell,
Des hommes refusaient au Christ un libre autel !

« Seigneur, la triste nuit que celle qui commence ! »
Dit l'aveugle tout bas. Puis, après un silence,
Sentant que près de lui l'enfant s'était placé :
« Pierre, que faisions-nous, cette nuit, l'an passé ?
« L'an passé, ce n'est point une bien vieille histoire ;

6

« Et cela n'est pas trop , je crois , pour ta mémoire ? »

— « Mon père , nous allions tous deux sur le chemin

« De la vieille abbaye, et vous teniez ma main.

« Oh! comme nous causions ! Père , je me rappelle

« Encor tous vos discours. Que la nuit était belle !

« Et moi, je regardais !... » — « Oui, mon Pierre, tes yeux

« Me tenaient lieu des miens : tu regardais les cieux ;

« Je te disais : Vois-tu briller les trois rois mages?... »

— « Père , vous ajoutiez : Nous portons nos hommages

« A Jésus dans sa crèche , ainsi que les trois rois ,

« Portant l'or et l'encens , le firent autrefois.

« Vous me parliez aussi de l'étoile inconnue

« Que jusque alors au ciel nul berger n'avait vue ,

« Et que nul n'y revit. » — « Oui, Pierre, c'est cela.

« O mon Dieu , rendez-nous bientôt de ces nuits-là ! »

Puis , tournant vers les siens sa figure pensive :

— « Femme, enfants, à genoux ! Et, puisqu'il nous arrive

« Un pauvre du Seigneur, remercions le Ciel

« Qui daigne ainsi bénir notre nuit de Noël ! »

On pria. L'indigent fut le seul à se taire,

Lorsque tous répondaient à la voix du vieux père,

Qui parfois au Seigneur parlait au nom de tous.

Cependant l'indigent s'était mis à genoux.

Dans le cercle formé par les fils et la femme,

Plus près du mur noirci qu'éclairait mal la flamme,

Il inclinait son front que sa main soutenait.

Que faisait le vieillard? On eût dit qu'il pleurait.

L'aveugle avait fini. Chaque cœur, en silence,

Achevant d'épancher sa sainte confidence,

De l'entretien divin prolongeait la douceur,

Quand soudain : – « N'est-ce pas pour les bénir, Seigneur,

« Que vous avez conduit jusqu'ici votre prêtre?

« Bénissez dans les fils que ses fils verront naître

« L'aveugle que deux fois visite Jésus-Christ

« Sous les haillons du pauvre et du prêtre proscrit! »

Et, debout, l'indigent bénissait la chaumière;

Et quand, se relevant, l'hôte aveugle, de Pierre

Chercha la main, des bras inconnus le pressaient;

Et, tremblants tous les deux, les vieillards s'embrassaient.

Bien des récits alors entre tous s'échangèrent.

Près du feu ravivé les heures s'écoulèrent

Quand on eut partagé l'humble repas du soir,

Et qu'autour du foyer chacun revint s'asseoir.

On ignorait beaucoup, sous ce toit solitaire.

Le prêtre aux montagnards dut raconter la terre
Couverte des débris du passé ; dans ses flots
Le sang emportant tout ; les mornes échafauds
En permanence au sein des cités , sans relâche ,
Rougis , silencieux , accomplissant leur tâche ;
Lui-même avec terreur, depuis trois mois entiers,
S'écartant des chemins , au milieu des sentiers
S'égarant ; et puis Dieu , qui toujours le protége,
Le sauvant des périls , et par ce soir de neige ,
Au pied de ces grands monts lui faisant rencontrer
Ces amis inconnus qui l'avaient fait pleurer !

A son tour maintenant, il faut que l'auditoire
De la vallée aussi lui raconte l'histoire.
Aux souvenirs lointains l'aveugle remonta ;
Tout ce que les aïeux savaient , il le conta.
Il dit le lac jadis au milieu des montagnes
Soudain lançant ses flots ; les nouvelles campagnes
Apparaissant ; un moine amenant à la fois
Sur ce sol vierge encor , le travail et la croix ;
L'abbaye à présent veuve et déshonorée ;
Seuls , quelques vases saints..... « Mais, grâce inespérée,
« Dieu qui vous a guidé, Dieu lui-même aujourd'hui
« Veut-il venir chez moi, comme j'allais chez lui ?

« Quand dans l'ombre on cachait ici le saint calice,

« Nous croyions qu'attendant le premier sacrifice,

« Cet or, pour d'autres temps pieusement sauvé,

« Ne brillerait qu'au jour, sur l'autel relevé.

« Mon hôte, voulez-vous que l'autel se redresse?

« A cette triste nuit rendons son allégresse.

« Vous à qui le Seigneur fit connaître la faim,

« Mon hôte, voudrez-vous nous partager le pain? »

Lorsque minuit sonna, sur la table de hêtre

L'autel était dressé. Pierre à la voix du prêtre

Répondait; à travers la cloison de sapin,

Parfois aussi tintaient les clochettes d'airain,

Qu'agitaient, près encor de l'oreille divine,

Les bœufs en ruminant dans l'étable voisine.

O nuit de Bethléem! crèche, premier autel!

Comme tout ravivait les souvenirs du ciel!

Quel hymne, commencé dans l'éternel royaume,

Dut venir en secret s'achever sous ce chaume,

Alors que ce grand Dieu qui ne change jamais

Y vint porter sa gloire et répandre sa paix!

LE PÈRE.

« Père, là-haut, partout, des fleurs, des touffes roses,

« Sous les derniers sapins, sur tous les rocs écloses !

« Quel pays que le tien ! quel beau pays ! » — Joyeux,

Les deux fils en avant s'élancent. Ces beaux lieux

Sont ceux dont bien souvent le souvenir enivre

Jusqu'à donner la mort à qui n'y peut plus vivre ;

Aux clartés du soleil ils peuvent enivrer

Ces jeunes cœurs, tous deux bien faits pour admirer,

Tous deux offrant aux monts qu'ignora leur enfance

Le salut radieux de leur adolescence !

Le père, lui, n'a point revu depuis longtemps

Ce sol qu'il a foulé pendant ses premiers ans.

Mais pour qui cette terre est-elle la plus belle,

Pour ces cœurs subjugués par sa beauté nouvelle,

Ou pour ce cœur ému qui redoit en ce jour

Sa première jeunesse à son premier amour?

L'étoile du matin au ciel brillait encore

Quand tous trois ont quitté le village; l'aurore

Sous les hêtres les a rencontrés; les rayons

De leur cime à leur base ont embrasé les monts,

Alors que tous les trois, sortant du grand bois sombre

Où, plus haut, les sapins les couvraient de leur ombre,

Viennent, plus haut encor, d'arriver au sommet

Que désespère enfin d'atteindre la forêt.

Là, comment s'arrêter? On va. Comment se taire?

On s'écrie; et l'écho joyeux s'éveille : — « O père,

« Comment les nommais-tu, ces larges fleurs d'azur,

« Ces fleurs d'un or si vif, ces fleurs d'un pourpre obscur? »

— Et les deux fils fêtaient ces belles inconnues;

Par leurs douces senteurs, dans les airs répandues,

Elles aussi semblaient les fêter tous les trois,

Leurs deux nouveaux amis, et l'ami d'autrefois.

Ils se sont arrêtés : les voici sur la cime.

Ces monts qui, tour à tour, paraissaient, de l'abîme,

Surgir, les voilà tous qui là-bas, à leurs yeux,

Dans la splendeur du ciel se dressent radieux.

A leurs pieds, la vallée ; un seul regard l'embrasse,

Torrent, hameaux, forêts. Sur les rochers, en face,

Toutes les eaux roulaient les flammes du soleil.

— « Oh ! nous n'avions jamais rien rêvé de pareil ! »

S'écriaient palpitants les deux fils. L'œil du père

Avec leurs yeux erra, dans la pure atmosphère,

Sur les derniers contours des derniers horizons.

Lorsqu'on eut à l'envi salué tous ces monts,

Dans la plaine on chercha du regard le village.

— « Près du torrent, voyez ! c'est là que le voyage

« A pour nous trois, mes fils, commencé ce matin ;

« Là qu'avait commencé pour moi l'autre chemin

« Dont le but éternel est plus haut qu'où nous sommes. »

— « Et la cabane où, près des troupeaux, loin des hommes,

« Tu passas, bien souvent tu nous l'as raconté,

« Sur l'herbe des hauts lieux les courtes nuits d'été,

« Père, peut-on d'ici la voir ? » — « Oui, sur la pente

« Où, cascade bientôt, l'eau du ruisseau serpente,

« Ce point blanc, au milieu du pâturage vert,

« C'est elle. » — « Et ce grand pic, de glace tout couvert,

« A droite, est-ce celui dont la neige rapide

« Glissa sous toi, quand Dieu te fit, au bord du vide,

« Du pied toucher le roc ? » — « Non, mon fils, c'est ici,

« Plus près, dans ce ravin encore obscur. » — Ainsi,
Devant ces lieux où tout, vivante, la rappelle,
Les fils redemandaient l'histoire paternelle.
Puis le père : — « O mes fils, je vous ai répondu ;
« Mais qu'un autre à son tour aussi soit entendu !
« Si parfois l'étranger monte ici, qu'il admire ;
« Pour lui, c'est bien ; pour nous, cela ne peut suffire.
« Car d'un amour plus grand il faut plus exiger :
« La patrie à ses fils doit plus qu'à l'étranger.
« C'est à nos regards seuls que, là-bas, dans la plaine,
« Elle laisse entrevoir, dans l'ombre de ce frêne,
« Ce toit, cet humble toit sous lequel le Seigneur
« Garde son dernier mot pour nous le dire au cœur.
« Un aveugle, que Dieu conduisait sur la terre,
« Y fit le bien. Lui mort, en souvenir du père,
« Dieu conduisit le fils. Il lui traça du doigt
« Le sentier ; il le fit rude toujours, mais droit !
« Aujourd'hui ce n'est point en vain qu'il nous enivre :
« Ce chemin, vous aussi, vous aurez à le suivre.
« Pour aller jusqu'au bout, et d'un pied assuré,
« Rappelez-vous toujours d'où Dieu vous l'a montré.
« L'aïeul fut pauvre ; et vous, vous l'êtes. Mais l'aumône,
« Ce pauvre la faisait ; qu'ainsi votre main donne,
« La main souvent, le cœur toujours, lui qui jamais

« Ne s'épuise. O mon père, ô toi qu'ici j'aimais,

« Qui, là-haut, avec Dieu, chéris les fils que j'aime,

« Que pour le bien servir leur force soit la même.

« Qu'ils se tiennent, devant quiconque voudra voir,

« Humbles devant la croix, fermes pour le devoir ! »

Un mois après, les fils priaient auprès du père,

Derrière l'abbaye, à genoux sur la pierre

Sous laquelle dormait l'aïeul, l'ami de Dieu.

Tous trois à la vallée ils allaient dire adieu.

L'un des fils, pour cacher ses pleurs, baissant la tête,

Se sentit avertir par une voix secrète

Qu'il reviendrait, — était-ce avec son frère ou seul? —

Mais que le père, au ciel, aurait rejoint l'aïeul.

III

LE FILS.

« C'est d'Aïn-Télasid, de la Fontaine-Heureuse,

« Frère, que je t'écris. Au bruit de l'eau qui creuse

      « Ces rochers de l'Atlas,

« Dans mon âme je sens s'éveiller les pensées

« Dont nous avons vécu, que nous avons laissées

      « Loin d'où je suis, hélas!

« De ce poste élevé nous gardons la montagne.

« Nos soldats, sur la crête, observent la campagne

      « Et le Sahel lointain.

« Mais à peine d'ici j'entends la sentinelle ;

« De son fer seulement j'entrevois l'étincelle

      « Dans l'azur africain.

« Cette Fontaine-Heureuse auprès d'elle m'attire.

« Tout semble m'y parler, avec un doux sourire,

« De tant de jours heureux !

« Que n'es-tu près de moi ! C'est avec toi, mon frère,

« Qu'il faudrait repasser cette histoire si chère

« Qui nous reste à tous deux.

« Ces sommets rayonnants des clartés matinales,

« Ces gourbis, ces troupeaux des tribus pastorales,

« Ces herbes, ces senteurs,

« Te plairaient : cet Atlas à nos Alpes ressemble ;

« Et nous nous aiderions à retrouver ensemble

« Tous nos anciens bonheurs.

« Les Alpes pour un jour ; mais dès demain l'Afrique,

« Et la guerre implacable, et la ruse punique.

« De mon heure de paix

« Veux-tu ce souvenir, frère, une fleur qu'arrose

« L'eau d'Aïn-Télasid, et que je prends éclose

« Sur ces calmes sommets ? »

.   .   .   .

L'Atlas lève son front dans la brume lointaine.

Avec nos soldats, dans la plaine,

Marche un jeune homme : c'est celui
Qui près de la Fontaine-Heureuse
Rêvait ; sur la route poudreuse,
Il va hardiment aujourd'hui !

La ville aux orangers [1] loin, bien loin de la vue ;
Autour d'eux, et partout, la plaine vaste et nue ;
Assez près, mais pour eux invisible, un ravin.
    Soudain voici fondre la guerre ;
Les coursiers de l'Islam bondissent sur la terre ;
Les coursiers de l'Islam s'élancent de son sein.

— « Rendez-vous ! » — « Quel est-il celui-là qui nous crie
« Ce lâche mot, avec l'accent de la patrie ? »
Ont, entre eux, frémissants, murmuré les soldats.
    On s'indigne ; on ne peut attendre :
Un traître, de là-bas, leur parler de se rendre
Dans la langue de ceux qui ne se rendent pas !

La poudre a répondu. La lutte est inégale ;
Mais que ne peux-tu point, colère martiale ?
    Là-bas, trois cents ; ici, vingt-deux.

[1] Blidah.

On se tue en rase campagne.
Oh! de Léonidas héroïque montagne ,
Que diraient tes échos , se réveillant pour eux ?

Ainsi l'on combattit une heure , une heure entière.
On vint nous secourir au bruit. Dans la poussière
Dix-sept , morts ou blessés , gisaient. Les cinq debout,
    Poursuivant leur vaillant ouvrage ,
Abritaient les blessés derrière leur courage ;
Et les blessés criaient : — « Courage jusqu'au bout ! »

Desquels est notre ami ? Des héros qui rougissent
Autour d'eux le terrain , sans que leurs cœurs faiblissent.
Il a du premier mort pris l'arme ; il combattait
Comme le font encor les braves qu'il anime ,
Quand la balle ennemie a choisi sa victime ,
Et l'a jeté parmi ceux-là qu'il défendait !

. . . .

Ce n'est point là qu'il doit succomber : on l'emporte.
Tu retiens dans ce corps brisé cette âme forte,
Pour demain l'attirer plus haut vers toi, Seigneur !
A tes grâces tu veux donner pleine carrière ;
Tu veux , plus à loisir, écouter la prière

Qui s'exhale , au dernier moment , d'un pareil cœur.

Près de lui , pour mourir, il a celui qu'il aime.
Son frère , en sanglotant , vit à l'heure suprême
Que des vœux paternels le Ciel n'oubliait rien.
Il adora le Dieu de l'aïeul et du père
Dans le Dieu dont la main avait frappé son frère
En soldat , pour le faire expirer en chrétien !

CE N'EST POINT LE ZÉPHYR.

Ce n'est point le zéphyr qui passe,
C'est un âpre aquilon qui glace ;
Novembre n'a plus de zéphyr.
Dans les cieux le soleil rayonne ;
Mais à ses rayons on frissonne.
A ce pâle soleil, si tard , pourquoi t'ouvrir ?

Pauvre fleur, ta beauté m'attriste ;
Il semble qu'à ta mort j'assiste
En te voyant naître aujourd'hui ;
Plus belle encor, que n'es-tu née
Dans cette saison fortunée
Où l'astre généreux pour tant d'autres a lui !

C'est alors que la fleur peut vivre.

De chauds rayons elle s'enivre ;

Elle est heureuse : le bonheur

Met son parfum dans la corolle ;

Et ce parfum au ciel s'envole,

Aussi haut qu'il le peut, vers l'astre bienfaiteur.

Mais toi , de soleil altérée,

Sur ta lèvre décolorée

Tu reçois ses rayons en vain ;

Ils ne peuvent te satisfaire,

Et dans cette froide atmosphère

Le parfum ne peut plus s'exhaler de ton sein.

Vous traitez autrement notre âme !

Si tard qu'à la céleste flamme

Elle s'ouvre, il est temps , Seigneur.

Jusque dans la saison dernière,

Toujours , éternelle lumière ,

Vous lui portez la vie et toujours le bonheur.

Aussi , dans les cieux , quelle joie

Quand, tardive, elle se déploie

Parmi leurs rayons éclatants ;

Quand, sur la terre qui s'étonne,

Cette âme exhale dans l'automne

Les frais et doux parfums réservés au printemps !

ASCENSION.

Va, laisse-nous, Seigneur ; quitte-la, cette terre
       Qui n'offrit qu'une pierre,
La pierre du sépulcre, à ton repos sacré.
Quitte-nous, Dieu sauveur, Dieu qu'un Dieu ressuscite,
       Comme il faut qu'on nous quitte,
Les pieds ensanglantés et le cœur déchiré.

Pourquoi resterais-tu plus longtemps où nous sommes?
       N'as-tu pas chez les hommes
Tout obtenu? Seigneur, tu dois partir content.
Ton front porte à jamais l'empreinte des épines ;
       Vainqueur aux mains divines,
Tu n'as plus rien à faire ici : le ciel t'attend !

De qui t'aime vraiment ton départ est la joie. [1]

Le premier dans la voie

Tu t'élances : nous tous, où tu vas, nous irons. [2]

Le maître aux serviteurs va préparer leurs places ;

Sur tes sanglantes traces,

Au séjour de la paix nous nous retrouverons.

Oh ! j'ai bien entendu ! Pour donner ta paix sainte,

Tu veux des cœurs sans crainte,

Comme ceux qu'on demande à l'heure des combats.

La paix n'a point un nom dont le cœur s'effarouche ;

Pourtant, quand de ta bouche

Sort ce nom bien-aimé, tu dis : — Ne tremblez pas ! [3]

C'est que la paix pour tous vient après la conquête ;

C'est que le ciel ne fête

Que tes dignes soldats, fidèles à leur rang,

Qui ne comptent pour rien le sang de leurs blessures,

[1] Joann. XIV. 28. — XVI. 7.

[2] Joann. XIV. 3. 4.

[3] Pacem relinquo vobis, pacem meam do vobis : non quomodo mundus dat, ego do vobis. Non turbetur cor vestrum, neque formidet. (Joann. XIV. 27.)

Et suivent sans murmures
Un chef qui devant eux marche, couvert de sang.

Quiconque aspire au prix, doit accepter la tâche.
Ce n'est point pour le lâche
Que le Dieu de la vie a combattu la mort.
Mais du courage humain il étend la limite ;
Le faible qu'il excite
Auprès de lui triomphe où tombait le plus fort.

Point d'hésitation ! voilà l'unique route.
Ta paix, quoi qu'elle coûte !
Ta paix, j'en ai besoin, Seigneur : je combattrai.
Je m'en retournerai vers toi, comme toi-même,
Vers un Père qui t'aime
T'en retournes, sanglant et le cœur déchiré.

Mais aussi j'entrerai dans la cité conquise ;
J'aurai la part promise
Des trésors infinis dans ses murs amassés.
O doux triomphateur, des biens de ton empire,
Le plus cher où j'aspire,
C'est l'éternel amour qui guérit tes blessés.

Ici, va le premier : c'est le jour de victoire !

Oh ! qu'immense est ta gloire !

Nations, levez-vous ; peuples, suivez des yeux

Cet homme qui, porté par sa toute-puissance,

Au fond du ciel s'élance ;

Regardez, regardez l'étonnement des cieux !

Pour la première fois ils reçoivent cet hôte.

La place la plus haute

Est celle qu'il va prendre. Anges qui l'entourez,

Anges dont la prunelle aspire la lumière,

Devant notre poussière

Abaissez aujourd'hui vos regards : — Adorez !

Monte encor ; va toujours. A travers les espaces,

Vois, mon chef, quand tu passes,

Sous ses ailes trembler au loin le chérubin ;

Pour des jours éternels l'Éternel te convoite ;

Prends ton siége à sa droite ;

Entre dans ce repos où nous serons demain.

Mais qui nous soutiendra jusqu'à ce soir ? Notre âme

Vers toi crie et réclame

Le secours annoncé : sois toujours là, mon Dieu !

Le Verbe, dans la paix remonte vers son Père ;

C'est ton tour : sur la terre

Au cœur des combattants descends, Esprit de feu !

PRIÈRE D'UN PÈRE.

Mon fils paisiblement a fermé sa paupière.
Avant de s'endormir, tout à l'heure, à genoux,
Sous mes yeux, sous les tiens, il disait sa prière ;
Mon Dieu, son cœur est pur : que son sommeil est doux !

Ainsi je reposais dans ma paisible enfance.
J'étais heureux alors : je veux l'être aujourd'hui !
Où le fils à genoux priait en ta présence,
Je fléchis le genou pour prier comme lui.

Dieu si bon pour l'enfant, tu l'es aussi pour l'homme.
A quel âge cesser de te glorifier ?

On dit à mon enfant le doux nom qui te nomme.
A mon tour, et pour moi, je ne puis l'oublier !

Mon fils sait que je l'aime : il sent qu'il doit me croire.
Je ne puis le tromper ; son cœur le comprend bien.
Du vrai nom de mon Dieu j'ai gardé la mémoire :
Mon enfant croit son père ; et moi, je crois le mien !

Jouis de ton repos, âme aimante et candide ;
Par ta sécurité, mon fils, honore-moi.
Mais, ce même repos, mon âme en est avide ;
Il me le faut, mon Père, et je l'attends de toi.

Tu n'as point fait pour lui la foi ; pour moi, le doute.
Deux chemins si divers devraient nous séparer.
J'aspire au même but ; je prends la même route,
La sienne : — celle-là ne peut nous égarer !

Pour tous la vérité n'eut jamais qu'un langage.
L'enfance est innocente : elle doit le parler !
A tous la vérité ne montre qu'un visage ;
A ces regards sereins il doit se dévoiler !

O langue au sens profond, langue à l'accent si tendre,

Que ma bouche et mon cœur ont apprise au berceau,
Je ne veux, je ne puis jamais te désapprendre;
C'est par toi que je veux saluer mon tombeau.

Dieu prend soin de ceux-là dont la raison sommeille.
Les faibles ne sont pas pour lui les délaissés.
Et la raison nous dit, alors qu'elle s'éveille :
Restez auprès de ceux que Dieu tient embrassés !

Dans ses bras, ô mon fils, restons, restons ensemble !
Je le comprends, ce mot si touchant du Sauveur :
Pour aspirer au ciel, il faut que je ressemble
A l'enfant, à mon fils, image du bonheur !

Toi qui vécus si peu, tu m'as donné l'exemple.
Plus tard, tu chercheras un exemple à ton tour.
Puissé-je faire alors, si ton œil me contemple,
A mon fils, tout le bien qu'il me fait en ce jour !

Si d'autres changent, toi, reste toujours le même.
Je veux te ressembler : mon fils, ressemble-toi !
Et, quand tu n'auras plus ce père heureux qui t'aime,
Crois toujours en Celui qui t'aime plus que moi !

DANS UNE ÉGLISE SOLITAIRE.

Sur la porte, la croix sainte
A mes yeux montrait l'enceinte
Où l'on vient vous adorer.
Mon Dieu, dans votre demeure
Vous êtes seul à cette heure,
Et mon cœur m'a dit d'entrer.

Dans cette maison bénie
Quand la foule est réunie,
Vous vous tenez au milieu.
Vous nous l'apprîtes vous-même ;
Et, près de mes frères, j'aime
A me sentir près de Dieu.

Mais, quand nul ne vous adore,
Ici l'on vous trouve encore,
Et j'accours m'y renfermer.
Cette heure m'est la plus chère ;
Et j'ai moins d'efforts à faire,
Il semble, pour vous aimer.

Il semble qu'on vous délaisse ;
Alors, toute ma tendresse,
Pour vous je veux l'épuiser.
A ces pieds que nul n'embrasse,
Plus ému, je prends ma place,
Et je reste à les baiser.

Je sais bien que de vos anges
Toujours ici les phalanges
Se pressent à vos genoux.
Mais vous demandez les hommes :
Quand vous venez où nous sommes,
Ceux que vous voulez, c'est nous !

Sur moi cet honneur insigne,
Tombe ; je m'en sais indigne ;

Mais j'ai franchi votre seuil.
C'est au mendiant qui passe
Que l'auteur de toute grâce
Réservait ce doux accueil.

Merci, Seigneur ; je m'avance.
Je veux rompre ce silence
En vous disant mon amour ;
Et de ma voix solitaire
Je cherche, dans le mystère,
A remplir tout ce séjour.

Vous savez toujours m'entendre.
Mais vous paraissiez m'attendre
Pour me parler cœur à cœur.
Plus l'entrevue est secrète,
Mieux dans vos bras je me jette,
Plus je suis à vous, Seigneur !

Avec vous, et loin des autres,
Le bonheur de vos apôtres
Pouvait s'augmenter encor :
Vous voir parmi le cortége,
N'était point le privilége

De vous voir seul au Thabor.

Ma joie est celle de Pierre
En ce beau jour ; sa prière
Sera ma prière aussi.
La solitude me tente ;
Restons seuls : voici la tente ;
Il est si bon d'être ici !

———

PRIÈRE D'UN FILS

APRÈS LA MORT DE SON PÈRE.

Tout vivant, dans mes bras, la mort m'a pris mon père.

    Tout joyeux, il m'a sur la terre

    Laissé seul et désespéré ;

Point d'adieu ; pas un mot ; point d'étreintes dernières...

Ma lèvre frémissante a baisé ces paupières

Qui ne me voyaient plus, et n'avaient point pleuré !

Seigneur, vous êtes bon ! — C'est moi, c'est moi qui pleure,

    Qui le dis. — Il eut de cette heure

Toutes les voluptés ; moi, l'horreur et l'effroi.

Un seul cœur fut brisé, quand deux auraient pu l'être.

A ce départ heureux mon père aurait peut-être,

Mon père aurait sans doute, hélas ! pleuré sur moi.

Vous l'avez fait entrer dans la vie éternelle

Plus dignement de lui, moins indignement d'elle,

    Calme, sans regrets, en chrétien.

Sa belle vie avait mérité la victoire;

    Point de tristesse avant la gloire!

Ce que veut votre amour, Seigneur, est toujours bien.

Que votre empressement me permet d'espérance!

Si l'on vous voit, soudain, en vos jours de vengeance,

Dans vos bras irrités emporter les pécheurs,

Le bonheur éternel doit venir bien rapide,

    Mon Dieu, quand votre main avide

    Reprend ainsi vos serviteurs!

Celui-là, — si mon cœur sut jamais vous comprendre, —

    Celui-là ne doit guère attendre :

    Pour vous, vous l'avez enlevé.

Vous l'avez arraché d'ici comme une proie;

    Dans le séjour de votre joie,

Sans qu'il se vît partir, il se vit arrivé!

Alors, moi je pleurais; je pleure encor : je reste!

    Je suis, ô mon Père céleste,

Toujours dans l'exil, loin de vous ;
Et je ne l'ai plus là, ce père, votre image,
Avec qui l'exilé pouvait, dans le voyage,
Parmi nos fruits amers en cueillir de si doux.

O mon cher compagnon ! ô figure sereine,
Qui me montrais ta joie et me cachais ta peine !
  Main qu'au berceau saisit ma main !
   O route par nous deux suivie,
   Jours à jamais dignes d'envie,
Qui n'éclairerez plus le reste du chemin !

Mon bonheur, sans pitié, contre moi se redresse.
  Contre mon cœur, dans sa tristesse,
   S'acharnent mes félicités.
Parler d'elles m'est dur ; il m'est dur de m'en taire :
Dieu généreux, de qui je tenais un tel père,
  Vous savez ce que vous m'ôtez !

Devant vous, ma douleur se refuse au silence.
Vous frappez : écoutez le cri de la souffrance ;
  A vous, Seigneur, je veux parler !
Avant, je vous aimais ; et depuis, je vous aime ;
Mais vous, non, votre amour n'est point resté le même ;

Depuis, vous m'aimez plus : je suis à consoler!

Tout ce que vous ferez me sera salutaire.

       Si vous le voulez, sur la terre

J'entendrai ce que vous, vous me direz des cieux;

Mais, si pour l'affligé vous vous montrez plus tendre,

Si vous voulez de lui vous faire mieux entendre,

Près de vous deux, là-haut, n'entendrais-je pas mieux?

PENDANT UNE COMMUNION GÉNÉRALE.

LE s convives de Dieu peuplent la table sainte ;
Au festin de l'Agneau tout est joie et transports.
Quelle immense allégresse au dedans de l'enceinte !...
    Mais mon cœur regarde au dehors.

Quelle foule je vois, Seigneur, qui vous dédaigne !
La salle du banquet n'a point reçu leurs pas.
Ils doivent bien savoir qu'ici votre amour règne ;
    Mais ils passent, ils n'entrent pas.

Voilà la multitude ! — Hélas ! le petit nombre
C'est nous, qui savourons les dons de votre autel.

Mon cœur s'est attristé. Grand Dieu, pourquoi cette ombre
Dans ce beau jour, digne du ciel?

Oh ! si vous les forciez à voir ! oh ! si du temple,
A l'instant, devant eux, tombaient les murs épais ;
Ne se renfermant plus, et leur donnant l'exemple,
Si ce bonheur, si cette paix

Apparaissaient soudain à leurs yeux, point de doute !
Au banquet, près de nous, ils viendraient se placer.
Ceux qui passent au loin, s'écartant de leur route,
Accourraient ici se presser !

Ils n'ont point rencontré de source sur la terre
Pour étancher la soif dont ils sont dévorés.
Comme ils demanderaient l'onde qui désaltère
A qui nous a désaltérés !

Si, de ravissement et de stupeur saisie,
Cette foule voyait s'apaiser notre faim,
Pour recevoir sa part du pain qui rassasie,
Comme elle vous tendrait la main !

Mais le temple est debout. Seigneur, de ce spectacle

Ils ont besoin... Mon Dieu, que pourrions-nous tenter?
— Ce qu'ils ne cherchent point au pied du tabernacle,
    Eh bien! allons le leur porter!

Levons-nous et sortons! Portons-leur cette joie
Si bonne à contempler et qui nous vient de vous.
Hors de ces murs il faut que le peuple vous voie;
    Au dehors venez avec nous.

Des pécheurs autrefois vous partagiez la table.
Aujourd'hui, — deviez-vous tant descendre, Seigneur? —
Vous êtes devenu notre pain délectable:
    Vous avez nourri le pécheur.

Pour nous, vous vous cachez sous le froment mystique;
Dans nos cœurs consentez pour eux à vous cacher.
Que l'amour qui vous presse à nous se communique:
    Allons ensemble les chercher.

Non pas nous avec vous, mais vous en nous! Nous sommes
Le temple que remplit l'aile des chérubins[1].

---

[1] Extendebant autem alas suas cherubim, et tangebat ala una parietem, et ala cherub secundi tangebat parietem alterum. (III. *Reg.* vi. 27.)

Dites-leur d'emporter l'autel parmi les hommes;
Et vous, de vos puissantes mains,

Alors jetez à bas les murs du sanctuaire.
Debout et rayonnant, montrez-vous au milieu;
Du temple détruisez ce qui tient à la terre :
Brisez-nous, et montrez le Dieu !

Ce n'est point dans les cieux que roule ce tonnerre.

Ce sont les escadrons, ce sont les gens de guerre

S'élançant au combat d'un mutuel accord.

Un souffle de colère a traversé l'espace.

   Deux cent mille hommes se font face ;

Ils sont au rendez-vous pour se donner la mort.

Cent mille d'une part , et de l'autre cent mille !

De l'homme le cheval foule aux pieds la chair vile ;

Les morts forment le lit où râlent les mourants.

Sur la couche sanglante, un linceul de fumée

   De ses plis couvre chaque armée.

D'hommes, il n'en est plus ! — Deux nuages errants ,

Mornes, épais, de ceux qu'attire
La haine, de ceux que déchire
La flèche ardente des éclairs,
Se cherchent, confondant leurs ombres,
Et se donnent ces baisers sombres
Dont le sinistre éclat ébranle au loin les airs.

Que le nuage s'épaississe :
Soldats, on vous rendra justice ;
On saura bien vous voir dessous !
Ce n'est point seulement la foudre qui le perce :
Le regard humain le traverse
Pour contempler votre œuvre et compter tous vos coups.

Répondre en acceptant, quand le devoir commande
Que l'on meure, est toujours répondre en âme grande !
Des dévouements si beaux, on se les redira.
Vous aurez la fanfare au jour de la victoire ;
Vos combats sont bruyants, bruyante est votre gloire ;
Allez et triomphez : on vous applaudira !

Dans la lointaine Asie on fait une autre guerre.
Point de lourds escadrons sous qui tremble la terre.
Un homme seul, la nuit, s'avance quand tout dort.

Il va dans l'ombre, il va, grande âme inassouvie,

    Dans l'ombre pour donner la vie,

Attendant le grand jour pour recevoir la mort.

Contre cent mille, un seul ! un seul contre un empire !

    Il se promet, — héroïque délire ! —

De le conquérir seul ; et chacun de ses pas

    Est un pas que fait la victoire.

Peut-être a-t-il quelqu'un pour aider à sa gloire.....

    Mais cet aide, on ne le voit pas.

Un jour arrive enfin où ce vainqueur succombe ;

    Un jour où dans son sang il tombe ;

De ce spectacle au ciel il ne dérobe rien.

Il tombe en bénissant son ennemi farouche,

    Et joyeusement il se couche

Sur la terre, où le seul cadavre, c'est le sien !

    Point de regret pour suprême pensée !

Il la terminera, cette œuvre commencée.

    Il tombe, il meurt : ce n'est pas tout !

Ce jour de son trépas achève ses conquêtes :

    Quand il est à bas, plus de têtes

Se courbent devant lui que lorsqu'il fut debout !

A de telles morts , qui prend garde ?

Ces conquérants , qui les regarde ?

Allez et triomphez : on ne s'en émeut pas.

Le cuivre , indifférent à des vertus si rares ,

Se tait : ici pour vous il n'est point de fanfares ,

Et nous laissons Dieu seul applaudir ses soldats.

LIVRE TROISIÈME

LE VIEILLARD.

Mon pas s'est alourdi ; j'ai, depuis ma jeunesse,
Tant marché! Le chemin doit bientôt s'achever.
Tout me le dit : mon corps se fatigue, il s'affaisse.
Encore un pas : celui qui nous fait arriver!

Faisons halte, et jetons un coup d'œil en arrière.
Quelle route, Seigneur, jusqu'ici m'a conduit?
Je voudrais parcourir d'un regard ma carrière,
Une dernière fois encore, avant la nuit.

De là-bas, je partis quand se levait l'aurore.
Là chantaient les oiseaux ; je chantais avec eux.

O rosée ! ô matin ! chants que j'entends encore
Monter joyeusement dans l'azur lumineux !

Là, je m'assis. Devant cette heureuse nature,
Je dis : — Nourrissez-moi, Seigneur ; j'ai soif et faim. —
Mon Père à son enfant, près de la source pure,
Donna la volupté de son premier festin.

Au détour du chemin, là, mon pied sur la pierre...
Mais un souffle du ciel depuis lors a passé.
Je chercherais en vain sur l'aride poussière
La trace de ma chute : — il a tout effacé.

Là, le soleil était monté. Tout à coup l'ombre,
Vaste, silencieuse, envahit le ciel bleu.
Je ne respirais plus dans cet air lourd et sombre ;
Où me réfugier ? — Soudain, l'éclair de feu

Me montra, près de moi, la maison toujours prête
A recevoir qui veut demander un abri.
J'entrai ; je passai là l'heure de la tempête
Mieux que si le ciel pur toujours m'avait souri.

Maintenant, le soleil dans la pourpre rayonne ;

Tous ses rayons viendront à moi, jusqu'au dernier.
Les arbres du chémin, dépouillés par l'automne,
Ne cachent rien du ciel : je le vois tout entier !

Je sens à cet aspect que mon fardeau s'allége.
Mon front, malgré les ans, ne veut point se baisser.
Semblable aux vieux sommets, aux pics couverts de neige,
La tête du vieillard au ciel veut se dresser.

Autour de moi le vide achève de se faire.
Mon cœur, mon pauvre cœur est las de dire adieu.
Les liens qui jadis m'attachaient à la terre,
Se sont tous réunis pour m'attirer vers Dieu !

J'ai besoin de mourir : je sais ce qu'est la vie !
Qui pleurait au berceau sourit près du cercueil.
Aimer, il faut ailleurs contenter cette envie :
Chaque amour ici-bas devient trop vite un deuil !

Soyez ma vie, ô vous qui vous fîtes ma voie !
De l'enfant vous avez aidé les pas tremblants ;
O mon Dieu, le vieillard approche de sa joie ;
Soutenez le dernier de ses pas chancelants.

Vous avez dit à ceux que la fatigue accable :

— Venez à moi. — Je suis fatigué ; me voici.

Long espoir de ma route, ô repos délectable !

Je touche au but..... j'y suis enfin..... Seigneur, merci !

———

CHEZ UN PAUVRE.

Tout est nu, tout est froid, tout est obscur ; on pleure...
    C'est ici qu'un pauvre demeure ;
    Ici l'angoisse , ici la faim.
Jamais de gai soleil sur l'humide muraille ;
    Pour couche , à peine un peu de paille,
Et , pour ne point mourir , à peine un peu de pain.

Vous vous plaisez, Seigneur, ici : je puis m'y plaire !
    Cette place doit m'être chère :
    Je sais chez qui je suis venu.
    Mon cœur n'a point fait de méprise ;
    J'ai vu sous ce qui vous déguise ,
    Seigneur : vous êtes reconnu !

9

Quoi ! Jésus nouveau-né, vous souffrez que je touche
    La paille de la dure couche
Où pourtant vous dormez d'un sommeil si serein !
Jésus adolescent, vous souffrez que j'étanche
La sueur du travail sur votre front qui penche ;
Et ce front, vous daignez l'appuyer sur mon sein !

Souvent je m'étais dit : — Sur la montagne sainte,
Si de vos pas divins j'avais suivi l'empreinte ;
Si, dans la nuit, parmi les sombres oliviers,
Ces soupirs, ces sanglots de la dernière veille
    Auxquels nul ne prêtait l'oreille,
J'avais pu les entendre, et pleurer à vos pieds ! —

Vous m'avez répondu : — Viens, — et, Seigneur, j'arrive ;
    Et vous, de votre voix plaintive,
Vous, vous me confiez, ainsi qu'à votre ami,
Vos secrets, dédaignés des oreilles humaines,
Vos angoisses, vos pleurs, vos éternelles peines...
    — Viens écouter, monde endormi !

Riches, ne laissez point, du milieu de vos fêtes,
Tomber vos dons. — Venez ; sachez ce que vous faites,

Sachez qui vous demande et ce qu'il faut offrir.

Non, ce n'est point ainsi que la charité donne;

A Dieu ses saintes mains n'ont jamais pour aumône

      Jeté les restes du plaisir !

Ne donnez pas non plus du fond de vos demeures.

Là, trop joyeusement pour vous coulent les heures ;

On donne mal, assis à son heureux foyer.

Ce n'est point seulement de l'or qu'on vous demande ;

Il vous faut apporter une aumône plus grande,

L'apporter, — celle-là ne peut point s'envoyer !

Que votre orgueil ici ne prenne point le change !

      C'est Jésus-Christ qui vous dérange ;

C'est bien moins l'or que vous, vous tout entiers qu'il veut :

Vos seins pour y verser l'aveu de sa tristesse,

      Vos mains, pour que sa main les presse ;

Ce qu'il veut, c'est le cœur qui tressaille et s'émeut.

De l'or, apportez-en : car cette chair est nue.

De loin, la pauvreté ne vous est point connue ;

Mais approchez-vous d'elle, et vous saurez enfin

Que le plus généreux parmi vous est avare,

      Quand il veut soulager Lazare

Sans le voir, le toucher, sans lui tendre son pain !

Apportez l'or ; mais quand la chair sera vêtue ,

Quand vous aurez chassé la faim lente qui tue ,

Votre âme sous la chair verra l'âme à son tour !

Vous sentirez qu'un cœur sous ces haillons palpite ;

      Lorsque la charité visite ,

Elle laisse en partant du pain, — et de l'amour !

Lazare , — disons mieux le vrai nom qui vous nomme, —

      Seigneur, toutes les fois qu'un homme

Veut s'approcher de vous , il s'éloigne meilleur.

Pour mieux nous attirer, vous feignez la détresse ;

Mais , quand on vous apporte un peu de sa tendresse ,

Quels trésors vous trouvez pour remplir notre cœur !

Seigneur , ne souffrez point qu'en indigent je sorte.

      Vous m'avez ouvert votre porte ;

      Quand vous voudrez la refermer ,

      Donnez-moi ce que je réclame :

Comme présent d'adieu, laissez à ma pauvre âme

Assez d'amour , Seigneur , pour toujours vous aimer !

PRIÈRE D'UN ÉPOUX

A NOTRE-DAME DE COMPASSION.

Notre-Dame, autrefois vous prîtes pitié d'elle,
Alors que, souriante au milieu des douleurs,
A mes yeux alarmés ma compagne fidèle
Cherchait si tendrement à dérober ses pleurs.

Vous prîtes pitié d'elle, alors que, près du terme,
Elle vit, sans pâlir, la mort lever le bras ;
Quand, regardant Jésus sur la croix, ce cœur ferme
S'offrit, reçut le coup, et ne le sentit pas !

Enfin quand, nous quittant, loin de terre, son âme
Dans un dernier soupir vers le ciel remonta,

Vous l'avez si bien prise en pitié, Notre-Dame,
Que sans doute le ciel s'ouvrit et l'adopta.

Vous avez aujourd'hui tout obtenu pour elle ;
Puisse le survivant n'être point oublié !
L'épouse est dans le sein de la joie immortelle :
Sur l'époux désormais reportez la pitié !

VIRGILE.

Quel accent! quel transport! est-ce un chant de poëte?
Est-ce un cri qu'en son vol ardent pousse un prophète?
O Virgile! le jour a-t-il frappé tes yeux?
Ou nous as-tu charmés des sons mélodieux
Que, sous le peuplier tout couvert d'ombre encore,
Vient d'entendre la Nuit, et qu'écoute l'Aurore?
A quel enfant veux-tu, désireux de vieillir,
Avoir donné tes chants avant de les finir?
Ce qu'on a cru de toi, mon cœur cherche à le croire.
Ne puis-je, cher poëte, ajouter à ta gloire
Ce bonheur qu'une fois, ne fût-ce qu'une fois
Virgile ait au Sauveur prêté sa douce voix?

Oui , c'était le moment annoncé. Oui , le monde

Était renouvelé. Sur la terre féconde

Chaque arbre allait donner son fruit ; c'était du ciel

Qu'un enfant descendait , un enfant immortel !

Oui , le serpent allait périr ; oui , la Justice

Dont , parmi les pasteurs , sous le chaume propice ,

Tu crus un jour avoir suivi les derniers pas,

La Justice arrivait, et ne nous quittait pas. [1]

Mais non , ce n'était point l'acanthe ni le lierre

Que libre, sans travail , souriante , la Terre

Réservait pour présents à cet enfant divin.

Ce n'étaient point des fleurs que sa petite main

Devait , en se jouant à son réveil tranquille ,

Trouver sur le berceau qui lui servait d'asile.

Sa couronne, on devait la lui poser plus tard ,

Et la faire autrement ! Non , jamais ton regard ,

Poëte , n'entrevit ce fils du Ciel ! A peine

Ce cri m'échappe-t-il, qu'une plainte lointaine

Me répond : il m'arrive un écho de tes chants ;

J'entends, je reconnais ces adieux si touchants [2]

Qu'aux amis plus heureux dont là , sur le rivage ,

La patrie est assise à l'abri du naufrage ,

[1] *Ecl.* IV, passim.
[2] *Enéid.* III, 493 et suiv.

Adressaient, au moment de sillonner les flots,

Ceux qui n'avaient encor pu trouver le repos ;

J'entends cette clameur joyeuse et triomphale [1]

Dont tu fais saluer, à l'heure matinale,

Par ces infortunés le sol promis ; et moi,

Moi, qu'instruit mon bonheur, je pleure alors sur toi !

Hélas ! que n'as-tu pu saluer la patrie,

Toi dont sur tous les maux l'âme s'est attendrie !

Que n'as-tu pu savoir, au moment de mourir,

Son nom, et le mêler à ton dernier soupir,

Pour que ce nom céleste, en s'exhalant vers elle,

Laissât son doux parfum à ta bouche fidèle !

Ou plutôt, ô poëte épris de liberté,

Sur toi, dans tes beaux jours, s'il s'était arrêté,

Ce regard attendu, qu'avec tant d'allégresse

Tu faisais autrefois tomber sur la vieillesse ;

Si notre liberté, celle des fils de Dieu,

Avait touché ton front jeune encore, ton vœu

S'accomplissait : Virgile à sa patrie aimée

Rapportait le premier les palmes d'Idumée. [2]

Le front ceint d'olivier, c'était à l'Éternel

[1] *Enéid.* III, 521.

[2] *Géorg.* III, 12.

Qu'aux bords du Mincio tu dressais ton autel.

Que de secrets un jour de plus pouvait t'apprendre !

Sur le rivage où fut le toit du pauvre Évandre,

Où Rome, dans l'éclat de sa forte beauté,

Faisait frémir ton chant d'amour et de fierté,

O poëte, arrivaient dans ta chère Ausonie

Des grandeurs, cette fois dignes de ton génie !

Pour montrer son berceau divin à l'univers,

Rome, naissante alors, t'eût demandé tes vers.

Que réponds-tu ? Mon cœur le devine et décide !

L'abeille de l'Hybla d'une aile plus rapide

Ne vole point au saule. O travail souhaité,

Et doublement promis à l'immortalité !

Tu viens de t'écrier dans un plus saint délire :

« Rome, ma belle Rome est faite pour l'empire ;

« Rome le tient du ciel ; Rome l'a pour jamais ! »

Je te vois en pitié regarder ces palais,

Ces hauts murs qui pourront crouler ; ces grands portiques,

Debout encor, demain débris mélancoliques,

Et leur dire : « Tombez ! Rome, ce n'est point vous ! »

Virgile, je te vois, d'un œil pieux et doux

Suivre les premiers pas de la Ville éternelle.

Ta voix monte ! La guerre, une guerre nouvelle

La réclame : regarde, ô chantre de Lausus,

O chantre de Pallas, poëte que Nisus
A rencontré pour rendre immortel Euryale,
Vois de nos combattants la foule virginale;
Laisse là ces héros que tu dus inventer;
Ceux-ci meurent : voici ceux qu'il te faut chanter !

Puis, le travail fini, si le fer, ô poëte,
N'avait tranché tes jours, au sein de la retraite,
A l'ombre des grands bois rêvant au Créateur,
Tu serais retourné pour les rendre au Seigneur.
Comme avec toi, Virgile, eût prié la nature !
L'eau murmurante aurait assoupi son murmure;
Le silence eût au loin régné sous les grands bois :
Rien n'aurait au seul Dieu parlé que par ta voix !

Tu n'as point obtenu ces heures fortunées.
Mais, au jour où la mort abrégeait tes années,
S'il manquait à la terre encor son Rédempteur,
Ton Père, au fond des cieux, savait quel tendre cœur
Allait cesser de battre, aux confins de l'Europe,
Sur la terre où dormait la douce Parthénope.
Tous les prompts messagers de ses ordres divins
Attendaient. Puisse-t-il, ce Roi des séraphins,
Avoir chargé l'un d'eux de te porter la flamme

Qui détruit, comme l'eau, la souillure de l'âme !

Puisses-tu, lorsque vint cet ange radieux,

Après tant d'autres pleurs avoir eu dans tes yeux

Cette larme d'amour qui lave toute offense !

Puissé-je, cher poëte, ami de mon enfance,

Auquel, depuis, jamais je n'ai pu dire adieu,

Puissé-je un jour te voir sauvé, chantant mon Dieu !

LE CIERGE PASCAL.

L'ÉTINCELLE joyeuse a jailli de la pierre.
  Voici la nouvelle lumière
  Qui reparaît dans le saint lieu.
Sur l'unique flambeau la flamme se rallume ;
  La cire, que l'encens parfume,
  Se fond sous les baisers du feu.

Oh ! quel pur aliment le feu sacré dévore !
Cette cire éclatante, au lever de l'aurore,
Quand rien ne ternissait le clair azur du ciel,
De son aile effleurant la brillante rosée,
Sur les fleurs qui s'ouvraient, l'abeille l'a puisée ;
  Cette cire a reçu le miel.

Elle est fille des fleurs, ces grâces de la terre.
Moi qui suis, ô mon Dieu, ton œuvre la plus chère,
    Ne dois-je pas m'offrir ainsi?
Comme se fond la cire, embrase-toi, mon âme;
    Que de vous deux parte la flamme :
Je veux pour le Seigneur me consumer aussi !

Elle qui de la ruche est sortie embaumée,
Au temple elle a reçu l'encens de l'Idumée [1].
    Dans mon cœur, feu sacré, descends !
Viens chercher le trésor que le prêtre suprême
De ses vivantes mains y déposa lui-même;
Descends-y jusqu'au fond pour exhaler l'encens!

C'est l'instant ! Pour nous tous grandis, flamme nouvelle;
    Remplis-la, cette nuit si belle;
    Chasse les ombres sans retour.
Notre œil voit s'accomplir la parole divine :
    La nuit ardente s'illumine
    De toutes les clartés du jour.

---

[1] Les cinq grains d'encens que le diacre met au cierge pascal, en forme de croix.

L'étincelle a jailli de la pierre angulaire.

    La route devant nous s'éclaire ;

    Voici la colonne de feu !

    Plus d'Égypte ! plus d'esclavage !

    Cette nuit se fait le passage ;

    Cette nuit, le peuple de Dieu

Chante sur l'autre bord l'hymne de délivrance.

Dieu de nos ennemis a brisé l'arrogance ;

Le Seigneur a broyé les chars, broyé l'acier.

Il a dit à la mer : Dévore tes victimes ;

    Emporte-les dans tes abîmes ;

    Prends tout : cheval et cavalier !

Ces maîtres menaçants ont appris à se taire !

    Nous ici, nous foulons la terre,

    La terre de la liberté.

C'est le désert encor ! mais, sous le vrai Moïse,

Qui le veut, doit entrer dans la terre promise.

    Prête-nous toujours ta clarté,

    Feu de la nuit, colonne ardente !

Guide ce peuple errant, tant qu'il vit sous la tente.

Ne t'éteins qu'à l'aurore où les fils d'Israël
Contempleront enfin la terre où l'on demeure,
Et la montagne sainte où l'on doit à toute heure
Chanter la liberté dans le temple éternel !

AUPRÈS D'UN MALADE.

Avant qu'il s'endormît, ses yeux sur votre image
Cherchaient à se fixer ; la douleur lui laissait
Les soupirs, ô mon Dieu, pour unique langage.
Ceux qu'il n'étouffait pas, il vous les adressait.

Il vient de s'endormir du sommeil que la fièvre
Agite, du sommeil qui n'est point le repos,
Du sommeil inquiet pendant lequel la lèvre
Des cris qu'elle a poussés prolonge les échos.

Moi qui veille, Seigneur, auprès de cette couche,
Pendant qu'il dort, pour lui je vous implorerai.

10

Je lui prêtais mes mains, je lui prête ma bouche ;
Le malade essayait de prier : je prierai.

Que de ce lit jamais votre œil ne se détourne !
Invisible, épiant l'heure de s'élancer,
La mort est près d'ici ; que votre voix l'ajourne ;
Étendez votre bras, Seigneur, pour la chasser !

Au ciel vous pouvez bien autant que sur la terre.
Boiteux, infirmes, sourds, lépreux sur le chemin,
Fiévreux dans la maison où vous visitiez Pierre,
Étaient guéris, sitôt qu'ils sentaient votre main.

Vous ne disiez qu'un mot, et près de la piscine,
Celui que sur sa couche on avait apporté,
Se levait ; un seul mot, sans visite divine,
Chez le centurion ramenait la santé.

Et quand, derrière vous, on suivait votre trace,
Qu'à vos genoux sacrés on craignait de tomber,
La santé, qu'on n'osait vous demander en face,
Une femme, Seigneur, pouvait la dérober !

L'heure n'est plus propice à ces saintes surprises ;

On ne peut plus toucher le bord du vêtement.

Mais vos bontés, à tous vous les avez promises,

Et, pour être entendu, c'est toujours le moment.

Aussi je dis : — Seigneur, regardez ce front pâle,

Ces lèvres qui, depuis longtemps, n'ont plus souri,

Qui peut-être bientôt s'ouvriront pour le râle,

Et la main de la mort sur ce corps amaigri.

Jésus, qui prodiguiez une pitié si tendre

A toutes nos douleurs, Jésus qui pouvez tout,

Dites un de ces mots qu'on ne peut plus entendre,

Mais qui mettent toujours les malades debout !

Que votre serviteur prolonge son service ;

Qu'il puisse travailler pour vous encore un peu !

Permettez qu'ici-bas son épargne grossisse ;

Guérissez-le..... — Toujours vous êtes bon, mon Dieu !

La lutte finira. Voici déjà la trêve :

Son souffle est plus égal, plus calme son sommeil.

Au malade, Seigneur, venez-vous dire en rêve

Que nous vous bénirons tous deux, à son réveil ?

SAINT MAURICE. [1]

Alpes, qu'à chaque aurore on retrouve aussi belles,
A demain : aujourd'hui je ne suis point à vous ;
Aujourd'hui, mes regards, pour un jour infidèles,
Ne sauraient contempler vos spectacles si doux.

        A demain, Alpes bien-aimées !
A demain, beau soleil ! haleines embaumées,
        Demain revenez m'enivrer.

---

[1] La légion Thébaine, composée de 6,600 soldats, tous chrétiens, refusa
de prendre part à un sacrifice aux idoles, et subit le martyre, le 22 septembre 286, près du bourg d'Agaune (aujourd'hui Saint-Maurice), en Valais.
Avant le massacre général, l'empereur Maximien la fit décimer deux fois,
sans pouvoir vaincre cette héroïque résistance. Le primicier de la légion
Thébaine s'appelait Maurice, et les principaux chefs Exupère et Candide.

Le souffle du Très-Haut a passé sur mon âme ;
Mes regards, aujourd'hui le Seigneur les réclame :
Ce qu'il vous a fait voir , il veut me le montrer.

Comme l'eau du torrent , à grands flots le sang coule.
    Les cadavres tombent en foule.
L'aigle des légions , l'aigle au vol souverain
    Plane sur le champ du carnage :
    Tous les vautours du voisinage
    Auront leur pâture demain.

    Mais, Seigneur , quelle étrange guerre !
C'est bien un sang guerrier pourtant que boit la terre !
Ces mourants dans leurs mains ont le fer des soldats.
    L'aigle à combattre les convie ;
C'est une légion ; mais , sans vendre sa vie ,
    Elle meurt , et ne combat pas !

César, ils mourront tous, ceux qu'en vain tu décimes !
    Tu l'ignorais : pour tes victimes
    Tes ordres sont les bienvenus.
Ta fureur, ô César, ne sera point trompée :
Les cuirasses seraient un obstacle à l'épée ;
Tes soldats aux bourreaux présentent leurs seins nus.

Qui veut aller au ciel renonce à se défendre !

Tyran, tu ne saurais comprendre

Quel cœur c'est qu'un cœur de chrétien.

A tes pieds on mendie un regard pour salaire ;

Mais ceux-ci ne cherchent à plaire

Qu'à leur maître, et leur maître, ô César, c'est le tien !

Non, ces fermes soldats ne sont point des rebelles.

Pour Rome fallait-il mourir ? tu te rappelles

Comme à la mort ils couraient sans effroi.

Jusqu'à leur dernier jour ils te tiennent parole ;

Ils consentent qu'on les immole ;

Ils t'ont promis leur sang ; prends : ce sang est à toi !

Mais l'âme est à Dieu seul ! au maître de l'empire

Le plus obscur chrétien ne craint point de le dire ;

Dieu doit être obéi plus encor que César.

Ces soldats ont appris les véritables règles :

Ceux qui suivaient si bien tes aigles

Savent suivre la croix, leur premier étendard !

Tes bourreaux sont lassés ; mais leur tâche est finie.

Tu viens de contempler la dernière agonie,

Tu viens de voir mourir le dernier des Thébains.

On a frappé sans relâche et sans trêve ;
Le dernier égorgeur à son tour se relève
Essuyant le sang noir qui s'attache à ses mains.

Laisse ces corps, César ! ta fureur est trompée !
Toute ta légion, à la vie échappée,
     S'élance au séjour des élus.
Devant ses rangs épais le ciel ouvre ses portes ;
Le ciel, les ajoutant à ses saintes cohortes,
     Compte une légion de plus !

Mais non, tu t'applaudis sur le champ du supplice ;
Tu ne vois rien ! — O vous, Exupère, Maurice,
O vous tous, fiers lions, doux soldats de l'Agneau,
     Chantez, près du Dieu des armées,
     Chantez ces strophes enflammées
Que chante tout soldat vainqueur, à son drapeau !

Chantez là-haut ! votre hymne, on l'entend sur la terre.
     Quand on s'arrête dans ces lieux,
Ces échos, avec qui converse le tonnerre,
Nous rapportent des sons venus du fond des cieux.
Gigantesques sommets, racontez cette gloire !
Le théâtre fut bien choisi pour la victoire ;

La scène et le triomphe avaient même grandeur.

Alpes, immense autel de l'immense hécatombe,

De six mille martyrs, Alpes, la digne tombe,

Portez, portez aux cieux la gloire du Seigneur !

LE CONFESSIONNAL.

Voila le tribunal où siége le Dieu juste.
Vous faites bien de fuir ce tribunal auguste,
Pécheurs, éloignez-vous à jamais, sans retour.
Fuyez : car vous seriez jugés par la clémence;
Vous seriez, en entrant, reçus par l'espérance;
Vous seriez, en sortant, reconduits par l'amour !

Je suis pécheur aussi; mais j'aurai plus d'audace.
J'ose aller au Sauveur dont la voix me menace
De me rendre innocent et pur comme jadis.
Ce tribunal terrible est mon lieu de refuge;
J'ose aller affronter l'œil attendri du juge
Auquel je dis : - Mon père, - et qui me dit : - Mon fils !-

J'ose aller en secret, et seul avec ma honte,
Empêcher qu'au grand jour un Dieu ne la raconte;
Je cherche le remède au mal dont j'ai gémi.
Je mets les armes bas aux pieds du Dieu qui m'aime;
J'ose suivre mon cœur, en allant de moi-même,
Au lieu d'un ennemi lui donner un ami !

S'il me faut pour cela de la force, il m'assiste.
Le courage me vient quand je vois son front triste,
A chaque mot de moi, s'éclaircir par degrés.
Je ne puis plus alors m'arrêter comme un lâche,
Et je vais jusqu'au bout de cette douce tâche
Qui rend si bien la joie à ses traits adorés.

La joie à mon Sauveur et la joie à mon âme !
Cesser de s'infliger, à soi, son propre blâme,
A soi ce mépris sûr, le plus cuisant affront ;
Après avoir subi le joug, porté la chaîne,
Vers le ciel, sans que rien les flétrisse ou les gêne,
Lever, libres, ses mains, dresser, libre, son front ;

Dire au passé cruel qui nous poursuit sans trêve :
— Tu n'es plus mon passé; va-t'en, tu n'es qu'un rêve ! —

Au Dieu de vérité le faire dire aussi ;
Reprendre de sa vie une part qu'on déchire :
Voilà ce que souvent en vain l'homme désire ;
Ce qu'il ne peut ailleurs, et ce qu'il fait ici !

Les pécheurs font la loi. Dieu sait tout ; il oublie ;
Ce qu'on a délié sur terre, il le délie.
Un homme a murmuré : — Mon fils, allez en paix ! —
Paix du juste que Dieu met aux ordres du prêtre,
Comme alors le pécheur apprend à te connaître,
Comme il se sent alors pardonné pour jamais !

Grâce que l'offensé nous offre à chaque offense !
Tribunal dont absoudre est la seule sentence !
Pardons, que j'ai goûtés, que j'ai trouvés si doux !
Puisque, pour mon malheur, trop souvent, dans la voie
Où je devrais courir, je tombe, pour ma joie,
Je veux me relever et retourner vers vous !

Mais, un jour, à vos pieds je ne pourrai me rendre,
O juge, sur ma couche il faudra vous attendre :
Pour la dernière fois montrez-vous paternel !
Venez vous incliner sur mon lit d'agonie ;
Accourez, portez-moi la sentence bénie,
Alors qu'*Allez en paix* veut dire : Allez au ciel !

PENDANT UN JOUR D'HIVER.

Arbres, ô mes amis, vous n'avez plus d'ombrage.
L'hiver sombre a, depuis nos derniers entretiens,
Emporté vos trésors sur son aile sauvage ;
Vous êtes dépouillés. Amis, je vous reviens !

Non, non, je ne viens pas vous demander encore
Ces bruits harmonieux que, sous les verts rameaux,
Les brises du matin mêlent, dans l'air sonore,
Aux chants qu'à leur réveil exhalent les oiseaux ;

Ni mes rêves, suivis pendant que sur vos têtes
Scintillaient et mouraient les chauds rayons du soir ;

Mais je vous visitais quand vous aviez ces fêtes,
Et, dans ces tristes jours, j'ai voulu vous revoir.

Comment vous contempler avec indifférence,
O vous que j'ai cherchés, ô vous que j'admirais?
Si j'avais pu garder jusqu'ici le silence,
Ce serait aujourd'hui que je vous parlerais!

Combien vous m'êtes chers! et quand mieux vous le dire?
La bise tord et rompt vos rameaux gémissants;
Que, dans son vol cruel, ce vent, qui vous déchire,
Au moins d'un cœur ami vous porte les accents!

Vous n'êtes point les seuls pour qui l'hiver arrive :
Vous gémissez; mon cœur comme vous a gémi;
Il me souvient des jours où, d'une voix plaintive,
Pour pleurer avec moi j'appelais un ami.

Alors, — il m'en souvient aussi; le voulût-elle,
Mon âme ne saurait l'oublier; — le malheur
Ramena près de moi l'ami toujours fidèle,
L'ami divin, celui qui sait remplir mon cœur.

Il épanouissait son amour en tendresse.

Oh! comme il me parlait! oh! qu'il consolait bien!
De quelle voix puissante il chassait ma tristesse!
Et, pour me relever, quel bras fort que le sien!

A vous autres, il laisse aujourd'hui vos orages;
Il ne veut point d'un mot rasséréner les cieux.
Arbres, ô mes amis, sous ces sombres nuages,
Courbez-vous, attendez des jours plus radieux!

Moi, c'est dans le lointain que Celui qui console
Me montre aussi la joie : — Attends, dit-il ; — j'attends.
Et, pendant qu'en mon cœur je garde sa parole,
C'est vous qui, les premiers, sourirez au printemps!

TE SOUVIENT-IL ?

I

Te souvient-il qu'enfant, à la pauvre chapelle
Tu disais dans ton cœur : — Tu n'es point assez belle ;
Je suis pauvre et petit ; je ne puis rien encor.
Cher autel, envers qui jamais on ne s'acquitte,
Autel où Dieu m'a fait sa première visite,
Que je sois riche un jour : ici brillera l'or ! —

A ton seuil la richesse, ami, n'est point venue.
Quand tu revis ces murs, la chapelle était nue ;
Tout était pauvre, ainsi que dans les jours passés.
Seulement, à la place où ta naïve enfance
A l'autel du Seigneur promettait l'opulence,
Infirmes, indigents, vieillards étaient pressés.

Au milieu d'eux , chantant les divines louanges ,

Des femmes , — ce n'étaient des femmes ni des anges ;

Disons leur seul vrai nom, — au milieu d'eux, des sœurs,

Des sœurs à ces vieillards servant de jeunes mères ,

Des sœurs qui leur faisaient d'existences amères

Un miel qu'on n'a jamais puisé dans nos bonheurs !

Tous , ils chantaient ensemble avec ces voix sereines

Qu'on a , quand le Seigneur a consolé nos peines.

O chœur de délivrance ! ô concert triomphant !

Tes yeux se reportaient , savourant ce spectacle,

De l'humble autel sur eux , d'eux sur le tabernacle...

L'homme se rappelait le désir de l'enfant.

Dieu t'avait prévenu ! Tu pleuras en silence ;

Tu remerciais Dieu de sa munificence :

Enrichir son autel de cette pauvreté !

Faire briller l'or pur sur l'indigente pierre,

Non point l'or qu'on arrache et qu'on rend à la terre ,

Mais l'or qu'on garde au ciel , l'or de la charité !

SAINT AUGUSTIN. [1]

I

« Dieu nous a consolés [2] : Sion était captive ;

« Sion est libre enfin. De sa bouche plaintive

    « L'hymne s'élance ! — Inclinez-vous ,

« Peuples : c'est le Seigneur qui se rend témoignage.

« Notre tristesse a fui comme un torrent d'orage ;

« Le bras du Tout-Puissant s'est montré parmi nous !

« On sème dans les pleurs ; dans la joie on moissonne..... »

    — Dans la joie ! entends bien , Hippone ,

Champ fécond , dans les pleurs , hélas ! ensemencé ;

[1] Les restes de saint Augustin ont été, en 1842, rapportés à Hippone.

[2] *Ps.* cxxv. In convertendo Dominus captivitatem Sion, facti sumus sicut consolati..., etc. — Dans les cérémonies du 28, du 29 et du 30 octobre 1842, furent chantés les psaumes : *In convertendo, In exitu,* et *Lœtatus sum.* (Journaux du temps.)

Hippone, autre Sion qui, parmi tes ruines
Sens Dieu venir, à qui les paroles divines
Apprennent aujourd'hui que ton deuil a cessé!

Il fut bien long, le temps des larmes,
Depuis le jour fatal où, dans le bruit des armes,
Oubliant son propre destin,
Hippone défaillante, Hippone à l'agonie,
N'entendit qu'un soupir d'une bouche bénie,
Le suprême soupir qu'exhalait Augustin! [1]

Quel orage pourtant éclatait sur ta tête!
Ainsi, sur le désert quand s'abat la tempête :
— Allons! — dit le Sâhra brûlant; et, sans repos,
Il va; le sable enflammé vole;
Sur la terre qui se désole
S'étend le règne du chaos.

L'Afrique regardait, sur ses mornes rivages
Se ruer, trombe ardente, en tourbillons sauvages,
Fils bronzés de l'Atlas, [2] blondes tribus du Nord,

---

[1] Saint Augustin mourut à Hippone, le 28 août 430, le troisième mois du siége de cette ville par les Vandales.

[2] Les Maures s'unirent aux Vandales, mais ne parvinrent pas à fonder une puissance indépendante.

Vandales aux coursiers numides
Demandant leurs ailes rapides
Pour hâter le vol de la mort.

Et, les antres peuplés, [1] les campagnes désertes,
De débris et de sang sept provinces couvertes,
Les prêtres enviant ceux qu'avait vus Joël, [2]
De leurs temples détruits cherchant en vain les restes,
Et ne pouvant pleurer les vengeances célestes
Entre le portique et l'autel ;

Combats livrés aux corps, combats livrés aux âmes,
La cruauté du fer clémente pour les femmes,
Aux lueurs des cités en feu
Un barbare éclairant la guerre,
Tout brisait le courage humain; et cette terre
Séchait de peur devant un des fléaux de Dieu!

Et toi, toi, tu pleurais Augustin ! Pour toi-même
Elle arrivait, l'heure suprême :
La veuve allait mourir [3] dans ses voiles de deuil.

[1] Possidius, *Vita sancti August.*, c. xxviii.
[2] *Joël.* ii. 17.
[3] Hippone fut prise après quatorze mois de siége, onze mois après la mort de saint Augustin.

De tes remparts broyés le farouche Vandale

Faisant ta couche sépulcrale,

Y jetait ton cadavre auprès de son cercueil.

Si, du moins, reposant ensemble,

L'évêque et la cité, que la tombe rassemble,

Avaient pu rester là, réunis à jamais !

Si, pour son bien-aimé ne craignant plus l'impie,

Au sommeil d'Augustin cette Hippone assoupie

Avait toujours prêté son temple de la Paix ! [1]

Mais un jour !... [2] Pour sentir cette nouvelle épreuve,

Ton cœur se ranima ; tu pleuras, pauvre veuve,

Tu sanglotas comme au matin [3]

Où, sur ces bords, pleurait et sanglotait Monique,

Quand, parti dans la nuit, déjà loin de l'Afrique,

Sans l'adieu maternel s'enfuyait Augustin !

---

[1] Saint Augustin fut enterré, en 430, dans l'église dite autrefois de la Paix, et alors de Saint-Étienne, du nom de ce martyr, dont les reliques y avaient été déposées en 424. Saint Augustin y resta cinquante-six ans. (Petrus Oldradus, *Translation du corps de saint Augustin de Sardaigne à Pavie.*)

[2] Les restes de saint Augustin furent transportés en Sardaigne par les évêques qui fuyaient la persécution de Trasimund, roi des Vandales. (*Id.*)

[3] Ea nocte clanculo ego profectus sum. Illa autem mansit orando et flendo..... Flavit ventus..... et littus subtraxit aspectibus nostris, in quo mane illa insaniebat dolore. (S. August., *Confess.,* lib. V., c. VIII.)

Quelle immense douleur !... Mais quelle joie immense !

Il revient, il revient : c'est lui !

Regarde sur les flots : le voici qui s'avance.

Écoute sur la plage : on y chante aujourd'hui !

II

« Le Jourdain éperdu remonte vers sa source. [1]

    « La mer au loin a pris sa course.

« Pourquoi fuir ? ô Jourdain , ô mer , répondez-nous !

« Ainsi que les troupeaux dans les vertes campagnes,

« Sur la terre tremblante , ô coteaux , ô montagnes,

    « Dites , pourquoi bondissez-vous ?

« Terre et mer , du Seigneur vous avez vu la face !

    « Des nations la folle audace

« Ne demandera plus : — Où donc est-il , leur Dieu ? —

« Sa main ne connaît point les œuvres impossibles ;

    « Il n'est point de ces dieux risibles

    « Forgés au feu, dévorés par le feu !

[1] *Ps.* CXIII. In exitu.

« Notre Dieu règne au ciel : à lui seul toute gloire !

« D'Israël et d'Aaron il garde la mémoire ;

        « De qui le craint il sait se souvenir.

« Malheureux , qui, plongé dans la nuit éternelle ,

« Ne peut plus le louer ; mais nous, peuple fidèle,

        « Nous, les vivants, nous voulons le bénir ! »

Collines de l'Edough , [1] vous entendez ! Seybouse ,

        Va dire à la mer qui t'épouse

Que l'Afrique frémit et tressaille à son tour.

        Regardez, montagnes lointaines ,

        Regardez, par-dessus les plaines ,

Ce que le Dieu du ciel, ici , fait en ce jour !

        Regardez–le , ce sol qu'inonde

        Le flux ou le reflux du monde ,

Où , l'Occident passé , Genséric n'étant plus,

        Pour remplacer cette houle vivante ,

        Montagnes , avec épouvante ,

Vous vites d'Orient arriver le reflux !

[1] Collines de l'Edough, près d'Hippone. — Seybouse , petit fleuve qui se jette dans le golfe de Bone.

En vain vous éleviez vos cimes ;

Point d'assez hauts sommets pour sauver les victimes !

Vous entendiez, en gémissant,

D'en bas monter vers vous les clameurs de la terre :

Aux éclairs blancs du cimeterre,

Dans les cieux consternés, grandissait le croissant.

La croix, un roi chrétien tenta de vous la rendre.

Il vint..... il mourut sur la cendre.....

Puis rien, rien que le bruit des fers,

Et des cris féroces de joie

Quand, dans leur aire, avec leur proie,

Revenaient les vautours des mers ;

Un dey d'un autre dey faisant rouler la tête,

Ou l'Arabe, du Turc indocile conquête, [1]

S'agitant sous le joug, ou, sous un bras plus fort

Se courbant, — puis, peut-être un instant de silence :...

C'est qu'alors, projetant sur terre une ombre immense,

Dans l'air muet planait la mort !

---

[1] Depuis que Selim Eutemi, cheik arabe de la Métidja, nommé roi d'Alger, eut été détrôné et tué par Aruch Barberousse. (*Histoire des corsaires de la Barbarie,* par le P. Dan, trinitaire.)

Vents rapides, volez ! échos, quelle surprise !

Ce sont des chants, enfin, que vous porte la brise !

Répétez-les, échos de tous ces grands sommets !

    Regardez, montagnes lointaines,

    Regardez venir dans ces plaines,

Non la guerre et la mort, mais la vie et la paix !

O cygne de Cambrai qui, sur ces murs en poudre,

Jadis du Tout-Puissant voyais fumer la foudre, [1]

Il t'eût fallu plutôt, à ce brillant soleil,

D'Hippone ranimée admirer le réveil !

Si, parmi les palmiers, sur cette rive heureuse,

Nous entendions frémir ton aile harmonieuse,

Si, pour quelques instants redescendu des cieux,

Aujourd'hui, parmi nous, tu voyais de tes yeux

La morte se lever à l'ombre séculaire

Des pâles oliviers penchés sur cette terre, [2]

Sous le dôme joyeux de ces belles forêts,

---

[1] « Que reste-t-il sur les côtes d'Afrique..., où la loi de Dieu attendait son « explication de la bouche d'Augustin ? Je ne vois plus qu'une terre encore « fumante de la foudre que Dieu y a lancée. » (Fénelon, *Sermon sur la vocation des Gentils.*)

[2] Le mamelon sur lequel était bâtie Hippone, et la plaine à ses pieds, sont couverts de figuiers et d'oliviers.

Cygne aux accents si doux , comme tu chanterais !

Sur les flots azurés le navire s'arrête.

Quelle grandeur dans cette fête !

Sur le rivage un peuple attend.

Le rude matelot s'agenouille en silence ,

Parmi les soldats de la France ,

Sur le sol de l'Afrique Augustin redescend.

Dans un même transport tout s'unit , tout se mêle.

Cet exilé que Dieu rappelle ,

Ne triomphe pas à demi.

De ce jour le chrétien adore la merveille ;

Et le fils de l'Islam , qui dans la nuit sommeille ,

A la voix du passé prêtant aussi l'oreille ,

Vient saluer le grand Roumi ! [1]

Augustin va ; — le peuple à l'envi l'accompagne.

Couchée au pied de la montagne , [2]

---

[1] Les Arabes venaient, chaque semaine, honorer le grand Roumi (Roumi-el-Kébir) sur le lieu de son antique sépulture. Lors du retour de ses restes à Hippone, une députation de musulmans, ayant le cadi à leur tête, était placée derrière l'autel.

[2] L'ancienne basilique de la Paix était située au pied du mamelon sur lequel était bâtie Hippone. On a reconstruit la nouvelle cathédrale sur les ruines de la première.

La vieille basilique a reconnu son pas.

> Pour l'accueillir elle se dresse
>
> Et redemande sa jeunesse ;

Oui, la France et son Dieu t'entendent : tu l'auras !

Il va ! — c'est du sommet qu'il doit bénir Hippone :

Là-bas s'étend la mer ; là-haut le ciel rayonne.

Oui, c'est là, c'est devant la double immensité

Qu'il faut que d'Augustin le triomphe s'achève,

> Que son bras vainqueur se relève
>
> Pour bénir encor sa cité. [1]

Augustin, tu les vois : ce ne sont plus les mêmes !

> Mais nous savons que tu les aimes,
>
> Comme ceux que tu chérissais,

Comme ceux dont les maux, à ton heure dernière,

> Faisaient jaillir de ta paupière
>
> Les pleurs amers que tu versais. [2]

Aux peuples confiés à ta main paternelle,

Que de fois tu redis, tout frémissant de zèle :

---

[1] C'est du sommet du mamelon que la bénédiction a été donnée, le dimanche 30 octobre 1842, par les évêques, avec la châsse qui renfermait le bras de saint Augustin.

[2] Possidius, *Vita sancti August.*, c. XXVIII.

« Ce beau ciel qu'il me faut, il me le faut pour vous ! [1] »

Tu l'as ; — mais prends pitié d'un peuple qui t'implore ;

Toi qui cédas jadis, [2] Augustin, cède encore :

Dieu te redonne un peuple à lui mener : — c'est nous !

Nous, les soldats du Christ, nous qui, sur cette terre,

Pour établir sa paix, avons porté la guerre ;

Nous, hier combattants, aujourd'hui si joyeux

De réjouir l'Afrique après notre victoire,

    De faire bénir notre gloire

    Par son fils le plus glorieux !

C'est nous, — et ce sont eux, eux, les fils du prophète,

    Que nous livrons à ta conquête.

Ces ennemis du Christ, que tu n'as pas connus,

Ne résisteront point à tes coups salutaires.

Nous irons les premiers en les nommant nos frères ;

Mais fais que nous soyons du moins les bienvenus !

    Ton Dieu nous fit ce que nous sommes :

Il fait les peuples grands, comme il fait saints les hommes.

---

[1] S. August., *Serm.* XVII, c. II.

[2] Possidius, *Vita sancti August.*, c. IV. — « Augustin se laissa vaincre, « comme Ambroise à Milan, et Paulin à Barcelone. » (M. Villemain, *Tableau de l'éloquence chrétienne au* IVe *siècle.*)

Les chrétiens sont déjà les aînés ici-bas ;

    Dès ici-bas l'arbre de vie

Porte ses fruits divins ; notre plus chère envie

Est d'en donner à tous : qu'on ne refuse pas !

Que de cette journée un grand souvenir reste !

    Que ce soit un rayon céleste

    Dont le soleil de vérité

    Illumine toutes ces âmes,

Comme l'autre, à cette heure, [1] embrase de ses flammes

    Cet horizon illimité !

III

Augustin bénissait; et toujours le chant monte,

    Comme l'encens, dans l'air en feu.

« Quelle heureuse nouvelle aujourd'hui l'on raconte ! [2]

    « J'irai dans la maison de Dieu.

« J'y suis déjà, j'y suis! O Sion, il me semble

    « Que mon pied à tes saints parvis

---

[1] Il était midi quand se termina la cérémonie du dimanche 30 octobre 1842.

[2] *Ps.* cxxi. Lætatus sum in his quæ dicta sunt mihi : in domum Domini ibimus, etc.

« S'est fixé; nous voici réunis tous ensemble;

 « Nous attachons nos yeux ravis

« Sur tes murs bien-aimés où la concorde habite,

 « Où David règne, où l'Éternel

« Veut qu'on le glorifie, où lui-même il invite

 « Les douze tribus d'Israël.

« David y règne : là les siéges de justice

 « Sont dressés; dans tes hautes tours,

« Dans tes puissants remparts que le ciel établisse

 « La force et la paix pour toujours!

« Chère Jérusalem, qu'ils aient des jours prospères

 « Tes amis! Maison du Seigneur,

« En parlant de ta paix je songeais à mes frères :

 « Sion, ta paix est leur bonheur! »

Le chrétien te connaît, Jérusalem sacrée!

Lui-même à l'univers Augustin t'a montrée.[1]

Tout ce qui n'est pas toi n'est rien, ou c'est trop peu!

 Détachons nos yeux de la terre :

---

[1] S. August. *in Ps.* cxxi. — *Tractatus in Psalmos.*

Il faut voir le fils et la mère,

Là–haut, dans la cité de Dieu !

Oh ! que vous dites-vous ? quelle est votre allégresse !

Oh ! quelle heure d'ivresse

Passez-vous dans les cieux !

De quel bonheur, ô mère aujourd'hui sans alarmes,

Ce fils de tant de larmes [1]

Voit-il briller tes yeux !

Monique, avec ton fils viens-tu de le reprendre,

Cet entretien si tendre

Épié par la mort, [2]

Quand vous vous reposiez près des bouches du Tibre,

Quand, âme déjà libre

Si vraiment près du port,

Tu volais avec lui vers la vie éternelle.

L'extase sur son aile

Vous prenait ; — d'ici-bas

Vous partiez, vous alliez, cherchant, loin de l'espace,

[1] « Fieri non potest ut filius istarum lacrymarum pereat. » (S. August., *Confess.*, lib. III, c. xii.)

[2] S. August., *Confess.*, lib. IX, c. x.

Loin du monde qui passe,

Dieu qui ne passe pas!

Alors tu soupirais : « Ici que fais-je encore?

« O bonté que j'adore,

« Mon fils connaît ta loi;

« Mon fils, en te servant, remplit mon vœu suprême.

« A quoi bon, puisqu'il t'aime,

« Rester ici? Prends-moi! »

Et vous parliez de l'heure à tout chrétien si chère,

Où les morts de la terre

Revivront dans les cieux,

Où le corps, aujourd'hui poussière, et demain flamme,

Ira rejoindre l'âme,

Comme elle radieux!

De ce jour désiré reparlez-vous encore?

Le pressez-vous d'éclore,

Ames saintes? Mais vous,

Os sacrés, vous prenez, dans la tombe muette,

Une voix qui nous jette,

Tout en pleurs, à genoux!

Là-bas , dans l'Italie , [1] ici, dans cette Afrique,

Quand les os d'Augustin et les os de Monique

Revivront, tous les deux à ce dernier réveil

Se lèveront, émus d'un sentiment pareil.

Leurs yeux se chercheront de leurs regards avides ;

On les verra, debout sur leurs sépulcres vides,

Comprenant qu'à jamais ils vont se réunir,

Jeter un cri d'amour vers le ciel , et partir !

Mais alors, Augustin , montre à Dieu cette terre

Que longtemps pour tombeau rêva ta sainte mère , [2]

Qui devient ta patrie une seconde fois ;

Montre-la, s'éveillant aussi près de la croix !

Que ces flots, où l'azur du ciel aime à sourire,

Du Christ, sur leurs deux bords, baignent l'heureux empire ;

Que ce grand cri , là-bas par Monique écouté ,

De l'Afrique chrétienne Augustin l'ait jeté !

---

[1] C'est à Rome qu'a été amené d'Ostie, sous le pontificat de Martin V, et que se trouve, depuis lors, le corps de sainte Monique.

[2] S. August., *Confess.*, lib. IX, c. xi.

SUR LA MONTAGNE.

J'ai monté. — C'est ainsi, Seigneur, que tu nous mènes :
J'aime ces durs sentiers vers les cimes sereines
      Qui s'approchent des cieux.
Ils sont pareils à ceux que la vertu réclame ;
C'est sur ces chemins-là que tu places notre âme
      Faite pour les hauts lieux.

Non, tu ne m'as point dit : Marche ! tu m'as dit : Monte !
Tu m'as mis en tel lieu, Seigneur, qu'avec la honte
      Le péril est en bas :
Si l'on baisse les yeux, le vertige vous gagne ;
Et qui veut reculer, des flancs de la montagne
      Roule et ne descend pas.

Mais qui songe à monter, et non pas à descendre,
A ces flancs escarpés craint peu de se suspendre.
Jusqu'au dernier plateau
Détourne mes regards et mes pieds de l'abîme.
Éviter le danger en allant vers la cime
Me plaît : c'est le plus beau !

A quoi bon mesurer de combien on s'élève ?
Point de loisir ici pour ce dangereux rêve !
Grands rochers lumineux,
C'est du côté du ciel qu'une force m'attire :
J'occupe du regard le sommet où j'aspire,
La place que je veux !

Quelqu'un la veut aussi pour moi ! Ravins pleins d'ombres,
Si mon pied se heurtait contre vos parois sombres ;
Si, pâlissant d'effroi,
Je vous sentais glisser sous mes mains éperdues,
Granits que rase l'aigle aux ailes étendues
En passant près de moi ;

Je me dirais : De Dieu n'ai-je pas la promesse ?
Il l'a toujours tenue ; il la tiendra sans cesse ;

Il la tient aujourd'hui.

Pour accourir ici ses anges ont des ailes ;

Ils vont me ressaisir, et leurs mains immortelles

Me porteront à lui !

J'ai monté. — Vos dangers, j'oubliai de les craindre.

Je cherchais les sommets ; je viens de les atteindre,

Alpes ! puissé-je ainsi,

Tout près du Dieu du ciel, debout, hors de l'abîme,

Le pied enfin posé sur la dernière cime,

M'écrier : Me voici !

Dans ce céleste élan, Alpes, aidez mon âme !

Parfums, premier encens que la première flamme

Qui jaillit dans les cieux,

Exhale de la terre, et vous, échos étranges

Qui jetez dans l'extase et qui semblez des anges

L'appel mystérieux,

Mon cœur vole avec vous ! ma voix vous accompagne !

Que l'essor est aisé du haut de la montagne !

Ici tout est si pur !

Au loin, de près, le ciel : il est là qui rayonne ;

De son immensité partout il m'environne.

Je cherche dans l'azur

La terre d'où je viens... Qu'est-elle devenue ?

D'elle, rien ; je ne vois sous mes pieds que la nue !

Ces nuages épais

Qui pèsent lourdement dans la lourde atmosphère

En bas cachent le ciel , mais ils cachent la terre

Ici , sur les sommets !

———

TABLE.

—◆◆◆—

LIVRE PREMIER.

Pages.

Prière d'un poëte. 3

A des enfants d'une maison de patronage. 7

Quand les feuilles tombent. 11

Aux chrétiens. 14

Pendant notre jeunesse. 17

Au convoi d'une sœur de la charité. 20

A une première communiante. 23

Pensar, creer. 26

Un fils, pendant la communion de sa mère. 31

Sainte Thérèse. 35

Vous que, joyeux, j'avais semées. 39

Le ciel à l'horizon 41

Athènes et Rome. 44

LIVRE DEUXIÈME.

Après la mort. 55

Prière du riche. 60

C'est vous, mes jours passés. 64

A un fils. 68

Le lion. 72

Aux mondains. 75

Trois générations. L'aïeul. 79

   —   Le père. 86

   —   Le fils 91

Ce n'est point le zéphyr. 97

Ascension. 99

Prière d'un père. 104

Dans une église solitaire. . . . . , 107

Prière d'un fils après la mort de son père. 111

Pendant une communion générale. 115

Ce n'est point dans les cieux. 119

LIVRE TROISIÈME.

Le vieillard. 125

Chez un pauvre. 129

Prière d'un époux à Notre-Dame de Compassion. . . . 133

Virgile 135

Le cierge pascal. 141

Auprès d'un malade. 145

Saint Maurice. 148

Le confessionnal. 153

Pendant un jour d'hiver. 156

Te souvient-il? 159

Saint Augustin 161

Sur la montagne. 177

www.ingramcontent.com/pod-product-compliance
Lightning Source LLC
Chambersburg PA
CBHW070858030726
47504CB00005B/1376